Ilse Beichhold

Der Zauberstrauch

Märchen und Sagen
aus dem Meißnerland

Wartberg Verlag

Für meinen Mann Horst

1. Auflage 1989
Alle Rechte vorbehalten, auch die des auszugsweisen
Nachdrucks und der fotomechanischen Wiedergabe.
Illustrationen: Manfred Müller
Titelbild: Rupprecht Beichhold
Umschlaggestaltung: Marja Metz
Druck: Werbedruck GmbH Horst Schreckhase, Spangenberg
Buchbinderische Verarbeitung: Fleischmann, Fulda
© Wartberg Verlag Peter Wieden
3505 Gudensberg-Gleichen, Im Wiesental 1
Tel.: 05603/4451
ISBN 3-925277-37-4

Märchenzauber

In unserem Tal
hört man nicht stolze Gesänge
still fließt das Leben
in stetigem Wandel dahin,

in unserem Tal
leben und sterben die Klänge
bescheidenen Daseins.
Auskommen heißt schon Gewinn.

Schatten gibt es,
die uns das Leben verdüstern,
und schmutzig werden die Schuh,
wenn der Regen rinnt,

aber noch lebt, was einst war,
und will mit uns flüstern,
wenn der Mond unser Tal
mit goldenem Licht überspinnt.

Ein paar Sätze über Frau Holle

Unter den Gestalten der mythischen Märchen und Sagen ist Frau Holle eine der bekanntesten und volkstümlichsten in ganz Deutschland geworden.

Es heißt, Hessen sei das Kernland ihres Reiches, vor allen Dingen der Hohe Meißner mit seinem Umland.

Einige der Frau Holle-Sagen-Forscher meinen, daß die besondere Gestalt der Frau Holle aus den Naturgeister-Sagen gewachsen und nicht älter als vier- bis fünfhundert Jahre sein könne.

Mit dieser seinerzeit plausiblen Erklärung mußte sich letztlich auch Jakob Grimm zufrieden geben, der ihr gar zu gern den Aufstieg nach Walhall zu hohem Götterdasein verschaffen wollte.

Aber die Rätsel um Frau Holle sind noch nicht gelöst. Was uns aufmerken lassen sollte, ist folgendes:

Paul Zaunert schreibt in seiner Hessen-Nassauischen Stammeskunde, herausgegeben in Jena im Jahre 1929, daß in einer „neuerdings" gefundenen Breslauer Handschrift, der „Summa Fratris Rudolfi de confessionis diskretione" aus den Jahren 1236 – 1250 sich unter anderem der Satz gefunden hat: „In der Nacht der Geburt Christi decken sie der Königin des Himmels, welche das Volk Frau Holda nennt, den Tisch, daß sie ihnen beistehe."

Wer, so darf man heute wohl fragen, war diese Königin des Himmels, wer war Frau Holda.

Breslau, heute Wroclaw, liegt in Schlesien, einem Gebiet, das – wie auch das Meißnerland – ehemals von keltischen Stämmen mitbesiedelt war.

Liegt es da nicht nahe, sich einmal mit den Göttergestalten des keltischen Glaubens zu befassen, wenn man nach den Wurzeln der Frau Holle Sagen sucht?

Vor allen Dingen mit ihrer höchsten göttlichen Instanz? Das war Rosmerta.

Rosmerta, die Mutter der Götter, Menschen, Elfen und Feen, allen Getiers, allen Lebens.

Rosmerta, die Liebende, die Gütige, die Mahnende, aber auch die Strenge, wenn es nicht ordentlich nach Recht und Brauch bei den Menschen zuging.

Rosmerta, die Hüterin der heiligen Quellen, die Mehrerin von Saatgut und Ernte, die Herrscherin über Avalun, dem Apfelland, wo Auserwählte die Früchte der Apfelbäume aßen, die ihnen ewige Jugend verliehen.

Rosmerta, die in allem lebte. Im Raunen des Wassers, im Rauschen der Bäume, im Tau des Morgens, in den Lüften des Himmels, überall da, wo Weisheit und Leben gedieh.

Rosmerta, die über alles und alle herrschte.

Ich suche nach dem Urbild von Frau Holle, und da meine ich, daß Rosmerta, die Mutter des Lebens im keltischen Glauben, sehr wohl dafür in Frage kommen könnte.

Die Zeit der Kelten ist vorbei. Auch die Zeit ihres Glaubens. Über die Märchengestalt der Frau Holle findet Rosmerta jedoch noch immer, so meine ich, den Weg in unsere Zeit.

Mit ihr leben in Märchen und Geschichten noch immer die Elfen und Feen, Seelen der Blumen und Bäume im keltischen Glauben, wachen noch immer in unserer Phantasie die Geister der Luft, der Erde und des Wassers, die Nixen, Zwerge und Riesen.

Und ich bin vermessen genug, zu sagen, daß auch die christliche Religion Rosmerta nicht vergessen hat.

Als Maria, Mutter des Sohnes Gottes, aufgenommen in die göttliche Dreieinigkeit, lächelt sie über die Jahrtausende hinweg, nun wieder als Himmelskönigin, liebend und tröstend in die Herzen der Gläubigen.

Rosmerta

Rosmerta, nach keltischem Glauben die Mutter der Götter, Menschen, Elfen und Feen, spürte eines Tages große Lust, zu wissen, wie sich die Menschen, vor Jahrmillionen aus ihr geboren, entwickelt hatten.

Sie beschloß deshalb und ganz für sich allein, ohne ihren göttlichen Kindern etwas davon zu sagen, für die Dauer eines Menschenlebens ein Mensch zu sein.

Sie dachte lange darüber nach, in welcher Gestalt sie ein solches Leben führen wollte und kam zu dem Entschluß, als Fürstenkind geboren zu werden, denn sie sah, daß den Kindern der Mächtigen die Tore zu den Freiheiten des Lebens am ehesten offen standen.

An einem Sommernachmittag verwandelte sie sich in eine buntschillernde Fliege und flog aus dem Reich der lichten Schatten, in dem die Unsterblichen wohnen, hinunter in das Reich der dunklen Schatten, dem Land der Menschen.

In der Fürstenburg der Volsker verweilte sie. Die Fürstin und der Fürst gefielen ihr. Die beiden waren einander in Liebe zugetan, achteten einander und nie fiel ein lautes oder gar böses Wort zwischen ihnen, dem anderen zur Demütigung.

Ja, an diesem Ort, in dieser Burg wollte Rosmerta eine Weile lang ein Menschenkind sein.

Bei einem Gastmahl des Fürsten, an dem die Fürstin teilnahm, setzte sich Rosmerta als Fliege auf einen mit römischen Wein gefüllten Becher, aus dem die Fürstin gerade trank, und ließ sich mit dem Wein von der Fürstin verschlucken.

Zur rechten Zeit gebar die Fürstin eine wunderschöne Tochter. Die wuchs und gedieh prächtig.

Gleichzeitig aber mit der Geburt des Fürstenkindes waren Wohlstand und Glück im Lande eingekehrt.

Es gab nirgendwo mehr Streit. Die Menschen waren freundlich miteinander und selbst die Jahreszeiten zeigten sich von ihren besten Seiten.

Die Eichen des Waldes trugen viel Frucht, daß die Schweinemast Jahr für Jahr gesichert war, die Kühe gaben doppelt so viel Milch und Getreide und Kräuter wuchsen im Überfluß.

Die Barden vergaßen die wilden Lieder des Krieges und sangen von der Liebe süßem Glück.

Über drei mal sieben Jahre hinweg ging die Zeit.

Das Fürstenkind war zu einer schönen Jungfrau herangewachsen. Geliebt von ihren Eltern, behütet und umsorgt von einer Schar von Sklavinnen. Elend, Not und Trauer wurden von ihr ferngehalten.

Edle Jünglinge kamen und begehrten sie zur Frau. Aber dem Fürsten und der Fürstin dünkte keiner der Bewerber gut genug für ihr Kind.

Eines Tages kam ein fremder Sänger auf die Burg. Er sang vor dem Fürsten und der Fürstin, und auch die Fürstentochter hörte ihm zu.

Des fremden Sängers Gesang war so schön, daß die Blumen gleich farbiger als zuvor zu leuchten begannen, und die Vögel verstummten, weil auch sie dem Wohllaut der Töne lauschen wollten. Die Fürstentochter aber weinte zum ersten Male in ihrem Leben.

Da bückte sich der Sänger nach einer verwelkten Knospe und gab sie der Fürstentochter in die Hand. Die

Leute ringsum sahen mit Staunen, daß die welke Knospe sich aufrichtete und zu blühen begann.

Rosmerta, denn niemand anderes als sie war ja die Fürstentochter, sagte leise zu dem fremden Sänger: „Taranis, mein Sohn, du bist gekommen, um mich zu holen."

„Ja," sagte Taranis, der Lichtgott, „ich bin gekommen, dich zu holen. Die Götter brauchen ihre Mutter und die Welten ihre göttliche Ordnung."

Der Fürst und die Fürstin wollten die Tochter nicht gehen lassen, wollten nach ihr fassen, um sie zurückzuhalten.

Da war Rosmerta aber schon nicht mehr das fürstliche Menschenkind, sondern wieder die Mutter aller Weisheit und allen Lebens und das Licht, das von ihr ausging, war so hell wie der Schein der Mittsommersonne und blendete die Augen und Herzen der Menschen, die im Saal waren.

Die Fürstin aber weinte und sagte traurig: „Wie soll ich weiterleben ohne dich, da du mich nun verläßt?"

Darauf antwortete Taranis: „Rosmerta verläßt dich nicht. Sie wird immer bei denen sein, die sie lieben."

Sagte es, nahm die Lichtgestalt der Rosmerta bei der Hand und schritt mit ihr aus dem Saal hinaus in den weiten Tag hinein.

Gobniu

Gobniu, Hüter der Schmiede und einer der jüngsten Göttersöhne der Rosmerta, von ihr aber nach Jahrhunderten seines Entstehens kaum noch wahrgenommen, weil er eines der unauffälligsten ihrer Kinder war, wünschte sich, von seiner Mutter ebenso beachtet zu werden wie ihre Lieblingssöhne Taranis, der das Sonnenrad trug und Esus, dem sie der Erde Fruchtbarkeit anvertraut hatte.

Er meinte, mit einer anderen, wichtigeren Arbeit, als mit der bisher von ihm ausgeübten, würde er mehr Gefallen bei seiner Mutter finden.

Was dies für eine Arbeit sein sollte, darüber hatte er sich jedoch noch keine Gedanken gemacht. Doch seine Mutter würde schon Rat wissen. So dachte Gobniu.

Also machte er sich eines Tages auf den Weg und ging zu Rosmerta. Er erzählte ihr von seinem Herzenskummer und dem Wunsch nach einer wichtigen Arbeit.

Rosmerta mußte sich lange besinnen, ehe sie in dem rußgeschwärzten Gesellen mit dem roten Gesicht, in dem sich Feuerflammen widerzuspiegeln schienen, ihren Sohn Gobniu erkannte.

Dann aber nahm sie ihn an ihr Herz und sagte: „Sieh, Gobniu, alle Aufgaben sind schon verteilt. Sie waren es schon, ehe du geboren wurdest." Doch Gobniu wußte es besser und widersprach seiner Mutter.

„Nach mir, Mutter der Weisheit und Güte, kam Brigitt zum Licht. Ihr vertrautest du die Liebe und die Poesie an. Seitdem ist sie neben Taranis und Esus eines deiner liebsten Kinder."

Rosmerta lächelte in Gedanken an ihre Lieblingstochter

11

und sinnend sagte sie: „Brigitt ist aus des Himmels Licht und freier Menschen Gedanken geboren. Sie ist unstet und flüchtig wie leichter Wolken Flug im Schatten der Winde. Du aber bist ein guter Sohn der Erde, des Fleißes und der Zuverlässigkeit. Laß mich überlegen, wie ich dir helfen kann."

Da gesellte sich Bodh zu ihnen. Die älteste Tochter der Rosmerta. Bodh, die dunkle, düstere Tochter des Todes.

„Ich habe euer Gespräch belauscht," sagte Bodh. „Wer, Gobniu, glaubst du, hat von uns beiden die undankbare Aufgabe? Du lebst unter Männern in ihrer Manneskraft. Du siehst, wie Werke entstehen, die du segnen kannst. Aber was bleibt mir? Über die Schlachtfelder der Menschen muß ich gehen, muß die verblutenden Leichen waschen mit Tau und Regen, bis die Erde sie wieder aufnimmt. Und ich muß zusehen, wie die Frauen weinen, wenn ihnen die Männer gemordet werden, muß zusehen, wie Kinder jammern und beten, wenn ihnen der Vater genommen wird. Und muß ertragen der Männer Seufzen, wenn ihres Lebens Gefährtin sie verläßt.

Trösten soll ich, die da weinen und beben vor des Todes Gewalt. Aber ich habe bald nicht mehr die Kraft dazu. Du, Gobniu, beklage dich nicht über dein Los. Freu dich am Eifer der Männer, wenn sie ihre Arbeit tun und lenke ihre Gedanken auf Werkzeuge des Lebens und nicht des Todes."

Mehr und Besseres hätte Rosmerta dem Gobniu auch nicht zu sagen gewußt. Sie war Bodh dankbar für ihre Worte und küßte der Tochter die Tränen von deren dunklem Gesicht.

Dennoch wollte sie Gobniu nicht von sich gehen lassen, ohne ihm eine Freude zu machen. Sie deutete mit einem Kopfnicken zu einer fernen Stadt.

Da wurde es still auf der Welt. Das Rauschen des Waldes verebbte, die Vögel unterbrachen ihren Gesang und selbst die Gräser hörten auf zu wachsen.

Nur das Hämmern der Schmiede klang durch die Stille hindurch. „Peng, peng, peng, peng –" Und wieder nickte Rosmerta hin nach dem Klang der fernen Schmiedehämmer. Da klang das Hämmern der Schmiede plötzlich ganz anders. Der Rhythmus hatte sich geändert. Und deutlich hörte Gobniu, wie sich nach jedem zweiten Schlag der Schmiedehämmer ein dritter, hellerer dazugesellte.

Jetzt sangen die Hämmer: „Peng, peng, ping, – peng, peng, ping."

Rosmerta lächelte dem Gobniu zu. „Der dritte Schlag der Hämmer, Gobniu, wird dir zu Ehren geschlagen. Und immer, wenn ich ihn höre, werde ich an meinen Sohn Gobniu denken. Bist du zufrieden?"

Nun, Gobniu mußte wohl zufrieden sein und war es auch.

Es hat niemand mehr davon gehört, daß er sich noch einmal bei Rosmerta über sein Los beklagte. Über Jahrtausende hinweg rauscht der Wald, singen die Vögel, wachsen die Gräser.

Rosmerta wohnt nicht mehr in den Gedanken der Menschen. Von Bodh weiß niemand mehr zu erzählen. Und auch Gobniu ist längst vergessen.

Aber die Schmiede schlagen bis auf den heutigen Tag den dritten Schlag ihres Hammers auf dem Amboß zu Ehren Gobnius, dem unauffälligsten der Kinder einer großen Schöpfung. Und das nur, weil ein Sohn von seiner Mutter beachtet und geliebt sein wollte und diese Mutter ihm ihre Liebe und Achtung nicht verwehrt hat.

Der Apfelmann von Weißenbach

Irgendwo in Weißenbach steht ein uralter Apfelbaum. Die Rinde seines Stammes ist rissig, die Äste sind dicht verzweigt, aber noch immer segnet der Frühling ihn mit wundersamen Blüten und im Herbst trägt er die schönsten Äpfel im Land. Manchmal, an heißen Sommertagen, wenn die Sonne am höchsten steht und die Luft vor Hitze flimmert, sieht man einen alten Mann unter dem Apfelbaum sitzen.

Der Mann ist seltsam gekleidet.

Er trägt Beinkleider aus gewirktem Stoff von zweierlei Farbe. Darüber ein grob gewebtes, weißes Hemd, dessen Ausschnitt mit einer goldenen Nadel zusammen gesteckt ist. Sein Haar, das lang und weißblond von der Farbe eines sehr reifen Weizenfeldes über seine Schultern fällt, wird von einem goldenen Stirnreif gehalten. In seinen Augen, ganz tiefblau, spiegeln sich viele Jahrhunderte. Aber wenn man genau hinsieht, sitzt da gar kein Mann und nur der Wind rauscht in den Zweigen des Apfelbaumes und erzählt eine Geschichte.

Vor mehr als zweitausend Jahren lebte einmal ein keltischer König, der sich bei einem Sturz von seinem Pferd so schwer verletzt hatte, daß sein Volk ihn drängte, sich altem Brauch zu unterwerfen. Das hieß, der König sollte alle seine Gefährten aus guten Tagen um sich versammeln, ein letztes Gastmahl halten, um danach in der Nacht samt seinen Freunden von den starken Männern der jungen Generation sanft getötet zu werden.

Denn König der Kelten durfte nur ein Mann sein, der gesund und stark war. Ein kranker König bedeutete für sein Volk Unglück. Nun war aber gerade dieser König der von den Kelten als Himmels- und Erdenmutter, Hüterin des Lichtes, der Familie und der Apfelhaine verehrten Rosmerta besonders lieb, denn er hatte in seinen jungen Jahren an den heiligen Quellen des Wassers die Götter des Himmels mit besonders schönen Liedern erfreut.

Rosmerta befahl deshalb dem König eines nachts im Traum, sich am kommenden Morgen von seinem treuesten Diener ankleiden zu lassen. Dann sollte er aus der Königsburg fortreiten. Der König tat, wie ihm Rosmerta im Traum befohlen hatte.

Als sein Volk den König aus der Veste reiten sah, dachten alle, er würde noch einmal den Wald sehen wollen, sich aus dem Atem der Bäume Kraft holen und Abschied nehmen unter schattigem Blätterdach von den Träumen der Welt, um für den Abend das unvermeidbare Gastmahl anzuordnen.

Aber Rosmerta hatte anderes mit dem König vor. Sie schickte ihm einen buntschillernden Vogel. Der setzte sich dem König auf die Schulter und immer dann, wenn der Todkranke aufgeben und sich von seinem Pferd fallen lassen wollte, flog der Vogel auf, zwitscherte und tirilierte, flatterte voraus und wies Richtung und Weg, so daß der König immer wieder neuen Mut bekam und weiter ritt.

Lang, ach so lang ritt der König. Stunde um Stunde. Durch Dornen und Niederwald, Gestrüpp und Eichenhaine. Bis zum Abend. Als die Sonne unterging, fiel er ermattet vom Pferd und dachte, seine letzte Stunde sei gekommen. Doch Rosmerta ließ ihn nicht im Stich. In der Gestalt einer Bäuerin kam sie und geleitete den

Das Waldbrünnchen
im Höllental

17

todmüden König zu einer Hütte, wo er ein sauberes Lager fand.Dort mußte er sich niederlegen und Rosmerta wusch und verband ihm seine Wunden und gab ihm, wie eine Mutter es tut, zu essen und zu trinken.

Drei Tage lang blieb Rosmerta bei dem König. Am Abend des dritten Tages sagte sie ihm, daß sie ihn nun verlassen müsse. Sie stellte einen Korb mit Äpfeln neben sein Lager und forderte ihn auf: „Iß von diesen Äpfeln, wann immer du Hunger hast. Dann wirst du gesund werden." Der König war ob dieser Nachricht sehr glücklich. Er richtete sich von seinem Lager auf und wollte Rosmertas Hände fassen und küssen. Aber Rosmerta entzog sich ihm. „Warte erst, was ich dir noch zu sagen habe," wehrte sie seiner Freude.

„Ja," sagte sie dann sinnend, „du wirst gesund werden. Aber du darfst nie wieder in die Königsburg zurück. Sonst würde sich alles wiederholen. Dein Sturz vom Pferd, deine Krankheit und das bevorstehende letzte Gastmahl. Ich aber will ein solches letztes Gastmahl nicht mehr. Deshalb habe ich dich aus deiner Welt geholt. Der neue König wird das letzte Gastmahl abschaffen. Und es wird nie wieder vorkommen, daß Söhne ihre Väter töten müssen, um selbst zur Macht zu kommen."

Der König, so schwach er war, lehnte sich auf gegen dieses Ansinnen. „Sitte und Brauch würden verletzt," sagte er. „Der König würde sein Gesicht verlieren."

„Nicht der neue König," erwiderte Rosmerta. „Wenn du nicht zurückkehrst, bist du das Glied der Kette, das verloren geht. Ein neues Gesetz kann geschaffen werden. Ein besseres."

Der König stöhnte auf und fragte: „Was aber wird aus

meinen Gefährten, was aus der Königin?" Rosmerta lächelte gütig auf ihn herab und während sie ihm antwortete, klang es wie das leise Plätschern eines Baches, in dessen Wassern sich Frühlingsblumen spiegelten. Sie sagte: „Wenn du nicht zurückkehrst, bleiben deine Gefährten am Leben. Sie werden ihren Platz behalten an der Tafel des neuen Königs. Die Königin aber nehme ich zu mir in das Reich der lichten Schatten. Sie wird dich im Traum besuchen, so oft du nur willst." Ratlos verharrte der König im Schweigen. Dann fragte er: „Was hast du mit mir vor. Soll ich in dieser Einsamkeit bleiben, und wenn ja, werde ich sie ertragen können?" „Der Mensch vermag viel," sagte Rosmerta, „wenn er sich auf sich selbst besinnt." Und sie versprach ihm: „So einsam wirst du nicht sein. Die Tiere des Waldes werden dir zu Gefährten werden. Taranis, mein Sohn, wird dich jeden Tag im Morgenrot grüßen, und Esus, der Gott der Fruchtbarkeit, wird dich lehren, die Früchte des Überflusses zu sammeln, damit du im Winter nicht Hunger leidest." Der König wollte nicht nachgeben. Unmöglich dünkte ihm, was Rosmerta von ihm verlangte. „Ruhm und Ehre, die Symbole der Könige, werden mir im Lied der Barden versagt bleiben," sagte er. Aber Rosmerta blieb beharrlich. Sie deutete auf die Äpfel im Korb und sagte: „Ruhm und Ehre sind vergänglich. Länger als sie währt das Leben eines Apfelbaumes und süßer als die Lieder des Ruhmes schmecken die Früchte des Lebens." Sie nahm einen Apfel aus dem Korb und deutete auf ihn. Dann sprach sie: „Alle Äpfel sollst du essen. Nur diesen einen nicht. Den grabe im Herbst in die Erde. Dann wird im nächsten Frühling ein kleines Pflänzlein sprießen. Das mußt du hüten, bis es zu einem Baum herangewachsen ist und Früchte trägt. Von diesen Früchten gib jedes Jahr die schönsten in den Korb, geh damit zu den Bauern und erzähle, daß Äpfel, die der Rosmerta lieb sind, gesund und stark machen. Und überall dort, wo man bereit ist, einen Apfelbaum neben dem Haus wachsen zu lassen, dort gib einen Apfel hin. Dann wird Rosmertas Land bald ein Apfelland sein und Avalun gleichen, dem Garten der Unsterblichen. Deinen Apfelbaum aber pflege gut. Solange er gedeiht, wirst du nicht sterben."

Mit diesen Worten verließ Rosmerta den König. Wurde zum Abendtau, der die Erde segnete. Des Königs Pferd aber galoppierte ohne Reiter in die Königsburg zurück. Der König wurde, wie Rosmerta prophezeit hatte, nach dem Genuß der Äpfel gesund und auch sonst erfüllte sich alles so, wie die Himmelsmutter gesagt hatte. Im Morgenrot des frühen Tages grüßte ihn Taranis, der Lichtgott. Tagsüber spürte er, wie Esus ihm Wege wies, die ihm die tägliche Nahrung brachten, und nachts im Traum war die Königin bei ihm.

Im Herbst grub der König den Apfel der Rosmerta in die Erde und wartete den Winter über geduldig, bis sich im Frühling die ersten Blätter einer kleinen Pflanze zeigten. Es vergingen einige Jahre, bis der Apfelbaum die ersten Früchte trug. Der König war nun ein alter Mann geworden, aber noch rüstig genug, um in die Dörfer zu gehen und seine Äpfel anzupreisen. Und wer bereit war, einen Apfel in die Erde zu graben, um daraus einen Baum wachsen zu lassen, dem gab er einen von seinen schönen Äpfeln. Bald wuchsen viele Apfel-

bäume im Land. Und so wachsen sie auch heute noch
bei uns.

Manche Leute glauben, daß der König noch immer im
Herbst durch die Dörfer geht und seine Äpfel anbietet.
Wenn ihr ihm begegnet, fragt nicht nach seiner Vergan-
genheit. Er hat sie vergessen. Nur der Wind in dem
uralten Apfelbaum irgendwo in Weißenbach weiß noch
davon.

Das Märchen von den drei Perlen

Es war einmal ein König. Der hatte drei Söhne. Die waren von sehr unterschiedlicher Art. Aber der König hatte alle drei gleich lieb, und als er alt wurde, konnte er sich nicht entscheiden, welcher von ihnen einmal das Königreich erben sollte. Nun wohnte weit draußen im Walde eine weise Frau. Zu der ging der König und bat sie um Rat.

Die weise Frau überlegte eine Weile. Dann sagte sie: „Schick deine Söhne für drei Jahre in die Welt. An einem bestimmten Tag sollen alle drei wieder daheim sein, und wer von ihnen die schönste Perle mitbringt, dem gib dein Königreich."

Dieser Rat gefiel dem König wohl. Nicht nur, weil er dadurch noch drei Jahre Zeit für seine Entscheidung gewann. Nein, es dünkte ihn auch gut, daß sich die Söhne in der Fremde bewährten.

Er wies also die Söhne an, sich drei Jahre in der Welt umzusehen, und welcher von ihnen dann die schönste Perle heimbringen würde, der sollte das Königreich erben. Die Söhne waren mit dem Vorschlag einverstanden. Es drängte sie ja selbst, einmal zu sehen, wie es außerhalb des Königreiches aussah. Der König gab jedem Sohn ein Pferd und stattete ihn mit einer ausreichenden Summe aus.

Den ältesten Sohn zog es nach Westen. Er ritt viele Tage, und nachts schlief er gerade dort, wo er Unterkunft bekommen konnte: Mal in einem Gasthaus, mal mitten im Wald. Nach geraumer Zeit kam er in eine große Handelsstadt. Dort hörte er von einem Mann, der viele Schätze sein eigen nannte. Darunter sollte auch

eine Perle sein, so groß und schön, wie es sonst keine andere im Land gab. Nur des Mondes sanfter Schein in einer tiefen Augustnacht sei schöner als der matte Schimmer der berühmten Perle, sagten die Leute. Unverzüglich machte sich der Königssohn auf den Weg zu diesem Mann, fand ihn auch bald und wurde freundlich aufgenommen. Nach seinem Begehr gefragt, erzählte er von seines Vaters Bedingung und fragte, ob er wohl die schöne Perle kaufen könnte, von der so viel im Lande erzählt würde. Der reiche Mann sagte, er habe wohl eine Perle, schön und schimmernd wie der sanfte Glanz des Mondes. Aber sie sei nicht verkäuflich. Doch er könne sie haben, wenn er bereit wäre, durch das Land zu ziehen und Leute Lieder zu lehren, die ihm der reiche Mann beibringen wolle.

Das sei doch nicht schwer, meinte der Königssohn eifrig. Gern wolle er diese Aufgabe übernehmen. „Aber," so fragte er noch, „verrate mir doch, warum du dich um einiger Lieder willen von deiner Perle trennen willst." „Das ist schnell erzählt", sagte der alte Mann. „Unser Volk hat seine Lieder vergessen. Ich habe weder Söhne noch Töchter, die ich lehren könnte, unsere Weisen zu singen. Bring mir hundert Leute, die du meine Lieder singen gelehrt hast, und du sollst die Perle haben."

Der Königssohn besaß die Gabe des Gesanges, und bald kannte er alle Lieder, die ihm der alte Mann vorsang. Ja, er sang sie sogar noch schöner als der Alte selbst.

Da zog er wieder fort aus der Stadt, ging in Herbergen und Häuser und erzählte dort von dem Wunsch des alten, reichen Mannes. Bald fanden sich hundert Menschen, alte und junge, besonders Mädchen, die gern die

Lieder lernen wollten. Und der Königssohn lehrte sie
alle die schönen, alten Weisen ihres Volkes.

Das zweite Jahr war noch nicht vergangen, da zog er mit
mehr als hundert Menschen in die Stadt am Meer zu
dem Mann zurück. Dort sangen sie die alten Weisen des
Reichen so schön, daß dem Greis das Herz vor Freude in
der Brust hüpfte. Er gab jedem Sänger ein Säckchen mit
Goldmünzen in die Hand und bat sie, seine Lieder
weiterzulehren. Dem Königssohn aber schenkte er die
versprochene Perle.

Die lag, auf blauen Samt gebettet, in einem wunder-
schön geschnitzten Kästchen aus wassergrüner Jade und
war wirklich so schön, daß man fast den Atem anhalten
mußte, wenn man sie betrachtete. Nun hatte der
Königssohn seine Perle und machte sich wieder auf den
Heimweg.

Der zweite Königssohn war ein echtes Kind des Wohl-
stands, und er legte Wert darauf, als solches behandelt
zu werden. Dabei war er freundlich und zuvorkommend
und hinterließ bei jedem Menschen, mit dem er zusam-
menkam, den allerbesten Eindruck.

Er nahm den südlichen Weg aus seines Vaters Reich,
übernachtete nur in den besten Herbergen und hörte
dort gern den reichen Kaufleuten zu, wenn sie von
Reisen und Handel sprachen. Dabei gewann er bald den
Eindruck, daß mancher Kaufmann reicher und mächti-
ger war als ein König in seinem Schloß.

Nach einigen Wochen gelangte er an das Südmeer. Und
wie es das Schicksal wollte, geriet er in ein Dorf, dessen
Bewohner vor einigen Jahren eine Perlenzucht betrie-
ben hatten, nun aber, da sie ihre Perlen nicht hatten

verkaufen können, nur noch vom Fischfang lebten und arm geworden waren.

Der Königssohn besann sich auf die Reden der Händler in den Herbergen, und er versprach den Dorfbewohnern, ihnen beim Verkauf der Perlen zu helfen. Er ließ sich ein Beutelchen der schönsten davon geben und ritt den Weg zurück, den er gekommen war. Schließlich stieg er in der Herberge ab, die er zuletzt besucht hatte. Ein glücklicher Zufall führte ihn auch gleich mit einem Händler zusammen, dem er die Perlen für gutes Geld verkaufen konnte. Wie staunten die Dorfbewohner, als der Königssohn ihnen so viel Geld überbringen konnte. Nun begann ein eifriges Schaffen. Die Perlenzucht wurde wieder aufgenommen, die schon vorhandenen Perlen bearbeitet und zu schönen Ketten aufgereiht, und der Königssohn brachte die Käufer. Bald war das Dorf reich, und der Königssohn besaß mehr als jeder andere, denn er hatte von den Händlern gelernt, daß auch der Vermittler seines Lohnes würdig sei. Er hatte also keinen Grund mehr, sich um eine schöne Perle zu sorgen. Einen ganzen Beutel voll Perlen würde er dem Vater geben können, wenn er zur festgesetzten Frist heimkehrt.

Der dritte und jüngste Königssohn war auf den Rat seiner Mutter hin zu der weisen Frau gegangen, die zuvor sein Vater aufgesucht hatte. Sie fragte er, wohin er sich wenden solle, um eine schöne Perle zu bekommen.

„Geh nach Osten", sagte die alte Frau, „bis du an das Meer der Hoffnung kommst. Da gibt es viele Perlentaucher, die nach Muscheln mit Perlen suchen. Sicher kannst du dort eine schöne Perle erwerben." Um ungefährdet an das Meer der Hoffnung zu gelangen, schloß sich der Königssohn dorthin einer Karawane an. Es war ein weiter Weg. Mehr als ein Jahr war er mit der Karawane unterwegs. Die Reise führte durch Wälder und Täler, Wüsten und fruchtbares Land und der Königssohn staunte wie vielgestaltig die Erde war. Er lernte Hunger und Durst der Wüste kennen, schwelgte im Überfluß fruchtbarer Landschaften und sah Menschen mit dunkler und fast schwarzer Hautfarbe und in Gewändern, die ganz anders aussahen als bei ihm zu Hause. Eines Tages aber waren sie am Ziel. Das Meer der Hoffnung lag vor ihnen.

Es zeigte sich ihnen in seiner schönsten Pracht. Silberhelle Wellen überspielten das Ufer und leckten die Füße derer, die vor lauter Glück, ihr Ziel erreicht zu haben, sich Schuhe und Strümpfe auszogen und Erfrischung in dem klaren Naß suchten. Die Lasttiere wurden ebenfalls in das seichte Wasser geführt, um dort Labsal zu finden.

Nachdem sich alle erholt hatten, besprach der Königssohn seine Rückreise mit den Führern der Karawane. Sie wollten ein halbes Jahr im Land Handel treiben. Dann wollten sie wieder zurück in die Heimat ziehen. Bis dahin, so sagte man ihm, würde er sicher eine Perle gefunden haben, schön genug, um sie seinem Vater zu überbringen. Dann zogen die Händler weiter, nachdem sie dem Königssohn Ort und Stunde ihrer Abreise genannt hatten.

Der Königssohn, der Sprache des Landes nicht mächtig, blieb am Ufer des Meeres der Hoffnung zurück. Aber er war nicht allein. Am Ufer saßen wiele Knaben. Kinder noch, fast nackt und immer wieder sprang einer von

27

ihnen ins Wasser, schwamm weit hinaus, um dort tief, tief hinunterzutauchen. Sie suchten auf dem Grund des Meeres nach Muscheln. Und manchmal hatte einer von ihnen Glück und brachte eine Muschel an Land, die eine Perle enthielt.

Der Königssohn ging zu den Knaben und fragte nach einer Herberge. Aber keiner verstand ihn. Da kam eine alte Frau daher mit einem Mädchen an der Hand. Sie verstand seine Sprache und sagte ihm, er könne für die Dauer seines Aufenthaltes bei ihr wohnen. Der Königssohn war darüber sehr froh und ging mit der alten Frau vom Ufer fort ein Stück in das Landesinnere hinein. Dort standen große Palmen und darunter ein paar Hütten, aus Holz gezimmert und mit Palmenblattdächern gegen Regen geschützt. Seine Gastgeberin wies ihm ein Lager in einer der Hütten an. Das Bett war zwar nur eine Matte, aus Palmenblättern geflochten, aber der Königssohn war froh, überhaupt ein Unterkommen gefunden zu haben. Fortan ging er Tag für Tag mit den Knaben an das Meer der Hoffnung und sah ihnen beim Tauchen zu, lernte ihre Sprache und wurde bald gut Freund mit ihnen.

Sonderbare Namen hatten die Menschen am Meer der Hoffnung. Die alte Frau nannten sie „Mutter der Erde", ihre Enkeltochter „Licht des Tages". Aber es gab noch die „Knospe der Morgenröte", die „Liebe des Baumes" und die „Süße des Abends". Die Knaben hießen „Pfeil des Lichtes", „Blitz der Wolke", „Bruder des Delphin", Namen, an die sich der Königssohn erst gewöhnen mußte. Je länger der Königssohn unter den Leuten am Meer der Hoffnung wohnte, desto mehr begriff er, wie lebensgefährlich das Tauchen nach Muscheln war und wie wenig die Muscheltaucher für ihre Funde als Lohn von den Händlern erhielten. Plötzlich hatte er kein Verlangen mehr nach einer Perle. Mochte der Vater sein Königreich unter die Brüder aufteilen, es dem einen oder anderen geben, er würde keine Perle mit nach Hause bringen. Er nahm alles Geld, das er noch besaß, und verteilte es an die Perlentaucher. Den Heimweg wollte er sich als Arbeiter bei der Karawane verdienen.

Da kehrte plötzlich ein bißchen Glück am Meer der Hoffnung ein. Die Knaben fuhren, statt nach Muscheln zu tauchen, mit ihren Vätern in bunten Booten zum Fischfang aus, und am Abend steckten die Frauen kleine Feuer am Ufer an, die den Fischern den Heimweg weisen sollten. Das wurde nun Abend für Abend eine fröhliche Heimkehr.

Die Zeit verging dem Königssohn wie im Flug. Wenige Tage vor seiner Abreise nahm ihn die „Mutter der Erde" beiseite und sagte ihm: „Wenn du abreist, nimm das Mädchen mit. Es ist nicht meine Enkeltochter. Mein Sohn hat sie aus dem Meer gerettet, als ein fremdes Schiff vor unserer Küste unterging." Der Königssohn sah zum erstem Mal bewußt, wie weiß die Haut des Mädchens, wie golden sein Haar und wie blau seine Augen waren. Und siehe da, leicht wie ein sanftes Feuer fing in seinem Herzen die Liebe an.

Er versprach der „Mutter der Erde", gut für das Mädchen zu sorgen und es zu achten und zu ehren wie eine Schwester. Und er hielt sein Versprechen. Zwar mußte er auf der Heimreise arbeiten wie jeder Knecht, ja, noch mehr, da er das Brot für zwei verdienen mußte. Aber das machte ihm nichts aus. Fröhlich verrichtete er sein

Tagwerk. Dabei erfuhr er am eigenen Leibe, wie schwer das Leben der Fuhr- und Packknechte war.

Endlich, endlich war die Karawane wieder in der Heimat. Schon von weitem grüßte den Königssohn seines Vaters Schloß vom bewaldeten Berge. Der Vater, die Mutter erwarteten ihn. Auch die Brüder waren schon angereist. Am Abend sollte ein großes Festmahl stattfinden. Da sollten die Brüder dann dem Vater ihre Perlen zeigen.

Auch die weise Frau aus dem Wald war zu dem Fest eingeladen worden. Sie kam aber erst, als alle schon gegessen und getrunken hatten und setzte sich dem König zur Linken. Zur Rechten saß die Königin.

Nun trat der älteste Sohn vor, zeigte seine prächtige Perle und berichtete, wie er sie erworben hatte.

Wunderbar leuchtete sie aus dem blauen Samt des jadegrünen Kästchens. Eine schönere Perle hatten weder der König noch die Königin noch sonst einer vom Hofstaat je gesehen. Alle lobten die Perle und sagten, der älteste Sohn müßte das Königreich haben.

Aber da trat der zweite Sohn vor und schüttete auf ein goldenes Tablett einen ganzen Schatz edler Perlen.

Wie erstaunten da der König und die Königin, und nun waren alle der Meinung, wer so viele Perlen in drei Jahren erwerben konnte, mußte auch der beste Erbe des Königreiches sein.

Der jüngste Königssohn stand indes mit dem fremden Mädchen bescheiden im Hintergrund. Da rief ihn der König zu sich und sagte:„ So, Sohn, nun zeige uns deine Perle."

Der Königssohn nahm das fremde Mädchen an der Hand, trat vor den Vater und sagte: „Vater, ich habe keine Perle mitgebracht. Ich sah, wie Kinder nach solchen tauchten. Und oft kamen sie aus dem Meer nicht wieder zurück. Da gab ich ihnen all mein Geld und kam als Knecht zurück. Mir gebührt dein Königreich nicht. Gib es meinen Brüdern. Mich aber laß das Mädchen heiraten, das ich aus der Fremde mitgebracht habe. Ich habe es lieb gewonnen."

Die Königin sah voll Liebe und Traurigkeit ihren Jüngsten dastehen, ohne das gewünschte Pfand. Der Vater aber dachte lange nach. Dann fragte er: „Wer ist das Mädchen an deiner Seite, dessen Gesicht voller Sanftmut und Liebe auf dich gerichtet ist?"

Und flüsternd fragte er die weise Frau zu seiner Linken: „Ist das die Perle, die der Sohn heimbringen sollte?" Die weise Frau lächelte geheimnisvoll. „Laß ihn erzählen," sagte sie, „dann wirst du erfahren, was du wissen willst."

Und der Königssohn erzählte. Als er geendet hatte, trat der älteste seiner Brüder vor den König und sagte: „Vater, das Königreich gebührt unserem jüngsten Bruder. Er hat zu anderer Menschen Glück seinen eigenen Anspruch aufgegeben. Ich bin glücklich, so wie ich lebe. Mir ist die Gabe des Gesanges gegeben. Ich will die Lieder, die ich lernte, weiterlehren, bis die Herzen der Menschen durch Lied und Gesang froh werden."

Da trat auch der zweite Königssohn vor den Vater und sprach: „Vater, ich habe während der Jahre in der Fremde so viel Geld verdient, daß ich mir, wollte ich, ein eigenes Königreich kaufen könnte. Mir macht aber das Handeln Freude. Ich werde bei diesem Gewerbe bleiben. Auch ich bitte dich, gib dem jüngsten Bruder das Königreich. Er hat das Los der Menschen in all seiner Armseligkeit kennengelernt und wird seinen Untertanen ein guter Herrscher werden."

Da blieb dem Vater nichts anderes übrig, als seinen jüngsten Sohn als künftigen Erben zu segnen.

Die verzauberten Katzen

Vor langer Zeit lebte einmal nahe der großen Handels-
straße, die von den Römern Via Regia genannt wurde,
ein reicher Graf.

Der Graf besaß mitten im Walde, auf einen Berg
gebaut, eine prächtige Burg und, nahe der Handels-
straße, ein geräumiges Gasthaus, das von einem Ver-
walter-Ehepaar bewirtschaftet wurde.

Reisende übernachteten gern in diesem Gasthaus, denn
es war bekannt für seine weichen, sauberen Betten und
die gute, schmackhafte Kost.

Der Graf kontrollierte regelmäßig seinen Besitz, auch
sein Gasthaus.

Oft saß er dort in dem großen Saal an einem der sauber
gescheuerten Holztische und trank einen Humpen Wein
vom feinsten, den der Wirt im Keller hatte.

Er unterhielt sich gerne mit den Reisenden.

Besonders liebenswürdig war er, wenn sich unter ihnen
ein schönes Fräulein befand. Dann erzählte er von
seinen eigenen Reisen, die er als junger Ritter unter-
nommen und all den Schätzen, die er aus fernen Län-
dern mitgebracht und nun in seiner Burg ausgestellt
hatte. War nun das Fräulein neugierig geworden, ging es
gern mit dem Grafen zu dessen Burg, um sich die
Herrlichkeiten, von denen er gesprochen hatte, anzusehen.

Nahm sich das Fräulein männliche Begleitung mit, kam
es gesund und fröhlich von seinem Ausflug zurück.

Ging es aber allein oder nur von einer Kammerzofe
begleitet mit dem Grafen zu dessen Burg, wurde es
mitsamt seiner Vertrauten für gewöhnlich nicht wieder

gesehen. Alles Suchen und Warten half dann nichts. Daß der Graf mit dem Verschwinden der Fräulein etwas zu tun haben könnte, wagte niemand laut zu sagen. Schon um des Rufes der jungen Dame wegen.

Nun lebten zu jener Zeit zwei Burgherren, der eine im Osten, der andere im Westen des Landes. Die hatten ihre Kinder einander versprochen. Die Hochzeit sollte mit großem Prunk gefeiert werden. Zu diesem Zweck schickte der Vater des Mädchens, der im Osten lebte, seine Tochter zusammen mit einem Trupp von Reitern, Wagen und Pferden und einem großen Brautschatz auf die Reise zu dem Bräutigam. Er selbst wollte einige Tage später mit ein paar des Reitens kundigen Knechten den Brautzug einholen und dann sollte der Einzug von Irmingard, so hieß die Tochter, in die Burg des künftigen Ehemannes erfolgen.

Als nun aber der Vater den Brautzug einholte, war Irmingard nicht mehr unter den Reisenden. Niemand wußte, wo sie geblieben war.

Der Vater ritt mit seinen Knechten den Weg zurück, den sie gekommen waren. Er forschte überall nach seiner Tochter. Fand sie aber nicht. Auch nicht die geringste Spur von ihr.

Ja, da blieb ihm nun nichts anderes übrig, als mit dem Brautschatz, jedoch ohne Braut, recht still in der Burg seines Gegenschwiegers Einzug zu halten und die traurige Geschichte vom Verschwinden der Tochter zu erzählen.

Trauer herrschte nun dort, wo die Freude einziehen sollte.

Am traurigsten war der junge Bräutigam. Es wollte ihm aber nicht in den Kopf, daß eine junge Frau einfach verloren gehen konnte. Erst wollte er ein Strafgericht abhalten über jene, die nicht genug auf das Mädchen aufgepaßt hatten, dann aber beschloß er, Irmingard so lange zu suchen, bis er sie gefunden haben würde.

Er besprach sich mit seinen Eltern. Die hatten nichts gegen seine Pläne einzuwenden. Danach sattelte er sein Pferd, versorgte sich mit Proviant und Geld und ritt aus der Burg. Begleiten ließ er sich nur von seinem Freund, dem Junker Heißsporn, der gern seinem Pferd die Zügel locker ließ, sonst aber in jeder Weise verläßlich war.

Überall dort, wo Irmingards Reisegesellschaft genächtigt hatte, machten auch die beiden Junker Rast. Fragten und forschten und hörten dabei so mancherlei.

So kamen sie auch zu dem Gasthaus, das dem Grafen gehörte und wollten dort ein paar Tage bleiben.

Tagsüber durchstreiften sie die Wälder, die dicht und grün rings um das Gasthaus wuchsen.

Eines Tages kamen sie an eine Holzhütte, die nahe dem Ufer eines Baches stand. Vor der Hütte saß ein Mann und war umgeben von vielen kleinen schwarzen Katzen, die brav in der Sonne saßen.

Die Junker waren müde und baten den Mann, sich bei ihm ein wenig ausruhen zu dürfen.

Da lud der Mann sie ein in sein Haus und hieß sie, sich niederzusetzen an seinen Tisch. Ja, er trug sogar frische Ziegenmilch und guten Ziegenkäse herbei. Dazu ein Stück braunes, knuspriges Brot. Dann forderte er sie auf, tüchtig zu essen.

Die Junker dankten dem Mann und ließen es sich schmecken. Es fiel ihnen aber auf, daß alle die kleinen, schwarzen Katzen, die eben noch draußen in der Sonne gesessen hatten, dem Mann in die Stube gefolgt waren.

Der Mann setzte auch ihnen eine Schüssel voll Milch auf den Boden. Die Katzen tranken von der Milch und putzten sich danach fein säuberlich ihre Schnäuzchen.

Das sittsame Benehmen der Katzen verwunderte die beiden jungen Männer und Junker Heißsporn fragte neugierig: „Warum füttert ihr so viele Katzen. Eurem Rock und Eurer Hütte nach zu urteilen seid ihr kein reicher Mann."

Der Einsiedler, als solcher gab sich der Mann zu erkennen, sah den Junker Heißsporn belustigt an. Dann sagte er:

„Junker, ihr solltet euch abgewöhnen, den Reichtum eines Menschen an seinen Kleidern abzuschätzen."

Junker Heißsporn schwieg daraufhin beschämt.

Nun fragte aber auch Junker Jörge, der Bräutigam, warum sich der Mann so viele Katzen halte.

„Ach," sagte der Einsiedler, „das ist eine lange und traurige Geschichte. Aber vielleicht kann es euch von Nutzen sein, wenn ich sie erzähle. Wollt ihr sie hören?"

Das wollten die beiden jungen Herren gern.

Da setzte sich der Einsiedler zu ihnen an den Tisch, nahm eine der kleinen Katzen auf seinen Schoß, streichelte sie und schloß die Augen, nach Erinnerung suchend.

Dann begann er: „Angefangen hat alles, als mein Vater die neue Burg bauen ließ. Auf dem schönsten Berg, den es weit und breit gab. Das war nun aber gerade der Berg der Wichtelleute.

Das hätte an sich nichts zu bedeuten gehabt, denn die Wichtel sind freundliche Geschöpfe und haben ihre Wohnungen tief in der Erde. Sie sind den Menschen meist wohlgesinnt, wenn die Menschen auch ihnen ihren Frieden lassen.

Aber mein Vater war ein rauher Geselle, der auf nichts und niemanden Rücksicht nahm. Er feierte fröhliche und laute Feste in der neuen Burg. Da kamen dann viele Leute mit Kutschen und Pferden und machten viel Lärm, so daß die Wichtel sich in ihrer Ruhe gestört fühlten.

Sie schickten eine Abordnung zu meinem Vater und baten ihn, mehr Rücksicht auf sie zu nehmen.

Aber mein Vater achtete nicht auf ihre Bitten. Er feierte weiterhin seine lauten Feste. Mein Bruder und ich mußten bei den tollen Gelagen mit dabei sein."

Der Heißsporn unterbrach den Einsiedler. „Ihr redet von eurem Bruder," sagte er. „Wer ist euer Bruder. Das kann doch nur der reiche Graf sein, dem Burg und Gasthaus gehören. Warum lebt ihr dann so ärmlich in dieser kleinen Hütte?" „Ja," sagte der Einsiedler, „Der Graf ist mein Bruder. Aber wer ist nicht wessen Bruder? Wollt ihr die Geschichte nun weiterhören?"

Aber ja, das wollten sie doch. Der Einsiedler erzählte weiter.

„Weil mein Vater nicht aufhören wollte mit seinem tollen Treiben, wurden die Wichtel böse und spielten ihm einen Schabernack nach dem anderen. Einmal gruben sie genau unter seinem Festsaal einen Graben, und als Gesang und Tanz gerade auf ihrem Höhepunkt waren, brach der Fußboden des Saales auseinander und die Gäste purzelten in die geborstene Erde.

Niemand hat sich dabei weh getan. Aber mein Vater war sehr böse über diesen hinterlistigen Streich. Er rächte sich an den Wichteln. Ließ die Eingänge zu ihren unterirdischen Wohnungen zumauern.

Das erzürnte die Wichtel noch mehr. Sie unterhöhlten die Burgmauern mit Gräben, bis die Mauern eines Tages in sich zusammenbrachen.

Nun kannte der Zorn meines Vaters keine Grenzen mehr. Er ließ die Quelle, die den Wichteln das lebensnotwendige Wasser gab, zuschütten.

So taten sie sich gegenseitig immer Schlimmeres an. Bis eines Tages mein Vater bei einem wilden Ritt durch den Wald vom Pferd fiel und Krankheit und Siechtum seiner gewiß waren.

Da kam der Wichtelfürst zu ihm und bot ihm Frieden an. Dafür sollte aber mein Bruder die Tochter des Wichtelfürsten zur Frau nehmen.

Als mein Bruder von dem Ansinnen des Wichtelfürsten hörte, war er darüber so empört, daß er seine Worte nicht zu bedenken wußte. Er lachte verächtlich auf und sagte: „Lieber nehme ich eine schwarze Katze zur Frau als die Wichtelprinzessin."

Das waren schlimme Worte für den Wichtelfürsten. Er sah meinen Bruder böse an. Dann sagte er: „Du hast meine Tochter und mich beleidigt. An diese Beleidigung sollst du dein Leben lang denken. Jedes Menschenmädchen soll bei der geringsten Berührung von dir zu einer schwarzen Katze werden. Dann kannst du deine Worte wahr machen und eine schwarze Katze zur Frau nehmen."

Mit diesen Worten verschwand der Wichtelfürst und nie wieder ward je ein Wichtel im Hause meines Vaters gesehen."

Der Einsiedler schwieg. Traurige Erinnerung trieb ihm

Roter See

Tränen in die Augen. Die Junker verhielten sich still, bis der Einsiedler weiter erzählte. „Wißt ihr," sagte er, „die Worte des Wichtelfürsten haben sich in schrecklicher Weise erfüllt.

Kurz nach meines Vaters Tod lernte mein Bruder eine schöne junge Dame kennen. Er liebte sie sehr und auch sie war ihm in Liebe zugetan.

Als die Verlobung kundgetan ward und als mein Bruder seine Braut zum ersten Male küssen wollte, verwandelte sie sich unter seinen Händen in eine schwarze Katze.

Niemand wollte glauben, was die eigenen Augen gesehen hatten. Zunächst nicht. Aber die Braut war verschwunden und nur die kleine schwarze Katze saß zu Füßen meines Bruders.

Gar schnell war da die Meinung der Leute gegen meinen Bruder gerichtet. Es hieß, er sei ein Hexenmeister. Da habe ich die Geschichte von dem Fluch des Wichtelfürsten erzählt.

Man hat mir geglaubt. Aber mein Bruder war von dieser Zeit an in der guten Gesellschaft verfemt. Er ging auf Reisen. Ich zog in diese Hütte, die kleine schwarze Katze folgte mir."

Der Einsiedler schwieg wieder und betrachtete voller Zärtlichkeit die vielen kleinen schwarzen Katzen, die es sich in seiner Stube bequem gemacht hatten.

Junker Jörge sagte: „Eure Geschichte rührt mich. Aber was soll sie uns nützen? Es ist nicht meine Braut, die zu einer schwarzen Katze wurde."

Der Einsiedler blickte auf die vielen kleinen schwarzen Katzen um sich herum. „Mein Bruder ist wieder zu Hause," sagte er. Ihr aber sucht nach einem jungen Fräulein. Aus welch anderem Grund wäret ihr sonst in

40

dieser Gegend." Junker Jörge erschrak. „Meint Ihr, daß Irmingard, meine Braut, eine von diesen kleinen Katzen ist?" fragte er voller Angst. „Ich weiß es nicht," sagte der Einsiedler. Er zeigte auf zwei kleine Kätzchen. „Die zwei sind mir in den letzten Tagen zugelaufen. Sie sind noch sehr scheu."

Junker Jörge bückte sich und sieh da, eine der beiden kleinen Katzen kam auf ihn zugelaufen und ließ sich von ihm streicheln.

„Kann denn der Zauber nicht gebrochen werden," fragte Junker Jörge.

„Aber ja," sagte da der Einsiedler. „Alle Sonntage, gegen Abend, kommt ein Rotkehlchen an mein Fenster geflogen, pocht mit seinem Schnäbelchen an die Scheibe, damit ich es auch hören und sehen soll. Dann setzt es sich auf einen Zweig des Baumes, der vor dem Fenster steht, und singt von der Schönheit und Güte der Wichtelfrau, die mein Bruder verschmäht hat. Sie will meinem Bruder vergeben und ihm sagen, was er tun muß, um sich von dem Zauber zu lösen. Aber mein Bruder ist zu stolz, um zu den Wichteln zu gehen."

Da war nun guter Rat teuer. Nach einer Weile des Schweigens fragte Junker Heißsporn: „Kann nicht ein anderer zu der Wichtelfrau gehen und sie um Rat fragen?"

„Einen Versuch wäre es wert," war des Einsiedlers Meinung.

Da wußte Junker Jörge ganz plötzlich, was er zu tun hatte.

„Ich versuche es, guter Freund," sagte er zu dem Mann mit den vielen Katzen. „Wollt ihr mir den Weg zu den Wichteln zeigen?"

„Sie haben ihre Wohnungen unter der Burg," gab der Einsiedler Auskunft. „Vielleicht findet ihr den Eingang in ihr Reich. Mein Bruder darf aber nichts von eurem Vorhaben wissen. Ihm macht es inzwischen Spaß, junge Damen in Katzen zu verwandeln. Er meint, wenn ihm das Glück der Liebe nicht bestimmt sei, dann sollen andere auch nicht von der süßen Frucht kosten."

Die kleinen schwarzen Katzen fingen an zu miauen.

„Mann, o Mann," sagte da Junker Heißsporn, völlig überwältigt von seinen Gedanken, „dann habt ihr ja einen ganzen Harem schöner Damen um euch."

„So ist es," erwiderte der Einsiedler und erklärte: „Irgendwer muß sich doch um die kleinen unerfahrenen Katzen kümmern. Außerdem sind sie dankbar und zärtlich zu mir und ich hoffe ja immer noch, daß eines Tages der Zauber von meinem Bruder genommen wird und dann auch die Katzen wieder zu jungen Damen werden."

„Komm," drängte da Junker Jörge seinen Gefährten, „laß uns nicht zögern. Wir wollen versuchen, die Wichtelleute zu finden. Vielleicht hat die kleine Wichteldame wirklich ein so gutes Herz, wie unser Freund sagt, und sie vergibt dem Grafen und hebt den Zauber auf."

„Ja, versucht es nur," ermunterte sie der Einsiedler und zeigte ihnen den Weg zu der Burg seines Bruders. Die Junker bedankten sich bei ihm, schwangen sich auf ihre Pferde und ritten in die gewiesene Richtung.

Es war ein beschwerlicher Ritt. Durch dichten Wald mit viel Untergestrüpp. Aber Reiter und Pferde gaben nicht auf und bald sahen die Junker über den Wipfeln der Bäume den Turm der Burg aufragen.

Am Burgberg angekommen, stiegen sie von ihren Pferden und schritten, die Pferde führend, rings um die Burg herum, hoffend, den Eingang zum Wichtelreich zu finden.

Da strauchelte plötzlich das Pferd von Junker Jörge. Es war mit einem Vorderfuß in ein Loch getreten. Als die Junker das Loch näher betrachteten, weitete es sich zu einer Höhle aus, die in den Berg führte. Sollte dies der Eingang zu den Wichtelwohnungen sein? Ja, er war es.

Kaum hatten die beiden Junker die Höhle betreten, sahen sie zwei Wichtelmänner am Eingang eines Schachtes stehen, der in den Berg führte.

„Wir wissen, warum ihr kommt," sagte der eine der Wichtelmänner. „Wir haben euer Gespräch bei dem Einsiedler belauscht. Der Einsiedler hat recht berichtet. Unsere Königin will wieder Frieden zwischen den Menschen und uns. Laßt eure Pferde hier stehen. Mein Bruder wird sie hüten. Dann folgt mir."

Die Junker taten, wie ihnen der Wichtelmann gebot.

Es war ihnen schon ein wenig schaurig zumute, als sie von der Höhle aus in den Schacht traten, der in das unterirdische Reich der Wichtel führte. Sie mußten sich tief bücken, um überhaupt vorwärts zu kommen, sind doch die Wichtel viel kleiner als Menschen und brauchen keine so hohen Gänge zu graben, um aufrecht gehen zu können.

Auf einmal aber tat sich vor ihnen eine große Halle auf und sie konnten wieder aufrecht stehen.

In der Halle blitzte es von Gold- und Silbergeräten, schönen Möbeln und vielerlei Zierrat. Nur waren alle Gegenstände viel kleiner als in Menschenwohnungen.

O, das war eine Pracht. Vor lauter Staunen hätten die Junker fast vergessen, weshalb sie gekommen waren.

Aber da trat eine kleine Frau zu ihnen, mit prächtigen Kleidern angetan. Sie lächelte ihnen zu und sagte: „Ich weiß schon, warum ihr kommt. Meine Kundschafter haben es mir mitgeteilt."

Und weiter sagte sie: „Der Zauber kann gebrochen werden. Mein Vater hat mir gesagt, ehe er starb, was da zu tun wäre."

„Und was wäre das?" fragte Junker Jörge. Hoffnung leuchtete in seinen Augen auf.

„Nicht viel," erklärte die Wichtelfrau. „Der Graf muß nur alle die von ihm verzauberten Katzen zu einem Gastmahl einladen. Muß jeder kleinen Katze ein Stühlchen an den Tisch rücken und auf den Tisch für jede Katze ein Schüsselchen stellen.

Dann muß er in eine große Schale, die mit Milch gefüllt ist, seine Hände eintauchen, hin bis zum Ellenbogen, und dann eigenhändig den Katzen die Schüsselchen mit Milch füllen. Wenn die Katzen den letzten Schluck Milch getrunken haben, wird der Zauber gelöst sein."

„Aber was wird dann werden," fragte Junker Heißsporn. „Wie werden sich die vielen kleinen Katzen verhalten, wenn sie erst wieder junge Damen sind?"

„Ja, das weiß ich nicht," erwiderte die Wichtelfrau und lächelte so lustig, daß es den Junkern vorkam, als freute sie sich schon auf den Tumult, den es dann geben würde. Aber sie mußten sich wohl getäuscht haben. Denn die Wichtelfrau sagte: „Ich wünsche dem Grafen, daß auch er ein glücklicher Mensch wird, so glücklich, wie ich es geworden bin. Seht, ich habe einen Mann aus meinem Volk geheiratet, habe zwei schöne mutige Knaben, und solches Glück wünsche ich dem Grafen auch."

45

Mit diesen Worten entließ die Wichtelfrau die beiden Junker.

Der Wichtelmann, der sie in die Höhle geführt hatte, wies ihnen auch wieder den Weg hinaus.

Draußen, im hellen Sonnenlicht, standen ihre Pferde und wieherten freudig.

Die Wichtel aber waren verschwunden, noch ehe die Junker sich bei ihnen bedanken konnten. Die Junker ritten nun zu dem Einsiedler und erzählten ihm, was sie bei der Wichtelfrau gesehen und gehört hatten.

Der Einsiedler lauschte aufmerksam auf ihre Worte. Dann sagte er: „Es wird wohl nun meine Aufgabe sein, meinen Bruder zu dem Gastmahl mit den Katzen zu überreden."

Und er brachte dies auch tatsächlich fertig.

An einem Sommerabend fanden sich der Einsiedler, die Katzen und auch die beiden Junker auf der Burg ein und wurden von dem Grafen bewirtet, wie es die Wichtelfrau gewünscht hatte.

Der Bruder Einsiedler achtete sehr darauf, daß der Graf beide Hände bis hinauf über die Ellenbogen in die Milch tauchte, ehe er die Schüsselchen der Katzen mit Milch füllte.

Und siehe da, die Worte der Wichtelfrau gingen in Erfüllung.

Alle die kleinen miauenden Katzen, die eben noch artig ihre Milch geschlürft hatten, verwandelten sich wieder in hübsche Jungfrauen.

Was danach geschah soll sich jeder selbst ausdenken.

Auf alle Fälle fand Junker Jörge, der Bräutigam, in der kleinen scheuen Katze, die so zärtlich zu ihm gewesen war, seine Braut Irmingard wieder. Und er zog glücklich und zufrieden mit ihr und dem Junker Heißsporn in seines Vaters Burg, wo nun endlich die Hochzeit gefeiert werden konnte.

Was aus dem Grafen, seinem Bruder und den vielen hübschen Jungfrauen geworden ist, davon erzählen die Leute noch heute mancherlei.

Die Geschichte von der dürren, der weißen und der schwarzen Nieste.

Es lebte einmal ein Bauer. Der hat irgendwo im Kaufunger Wald ein kleines Gütlein gehabt. Seine Frau war ihm beim vierten Kind, einem Knaben, im Wochenbett gestorben. Nun stand er allein da mit drei Mädchen und einem Buben, denen die Mutter gar so sehr fehlte.

Da haben sich die drei Schwestern des kleinen Jungen angenommen und haben ihn großgezogen und gar nicht und niemals an sich selbst gedacht, nur immer daran, daß es dem Bruder gut gehen sollte.

So ist die Zeit vergangen. Als die Mädchen heiratsfähig waren, brachte der Vater einen Mann ins Haus, der die älteste Tochter heiraten sollte.

Sobald dies die drei Schwestern hörten, wurden sie sehr traurig. Plötzlich merkten sie, daß sie einander so lieb gewonnen hatten, daß sie sich gar nicht denken konnten, wie es wäre, einmal von einander getrennt zu sein. Weil nun aber der Vater darauf bestand, daß sie heiraten sollten, waren sie gar nicht mehr fröhlich, sondern weinten immerzu. Den ganzen langen Tag lang und in der Nacht auch noch. Davon wurde die älteste Schwester so dünn und mager, daß der Bräutigam eines Tages sagte: „Die will ich nicht. Die ist mir zu dürr."

Die mittlere Schwester sollte nun den Mann heiraten. Als sie davon hörte, grämte sie sich darüber so sehr, daß ihr Haar über Nacht ganz weiß wurde.

Der Mann wollte nun auch diese Schwester nicht und meinte, die jüngste sei gerade die rechte für ihn.

48

Doch da malte sich die jüngste Schwester ihr Gesicht mit Ruß aus dem Küchenofen ganz schwarz an und sagte, sie wolle von nun an nur noch so schwarz umhergehen, wenn sie ihre Schwestern verlassen müßte.

Und alle drei Mädchen weinten und weinten, so daß der Bräutigam eines Tages seinen Hut nahm und auf Nimmerwiedersehen das Bauerngütlein verließ.

Der Vater aber, voll Ärger über seine weinenden Töchter, sagte böse: „Ich wünschte, ihr wäret drei Quellen. Da wären eure Tränen doch wenigstens zu etwas nütze."

Kaum hatte der Vater diese Worte gesagt, da waren die Töchter vor seinen Augen verschwunden und nimmer auffindbar.

Der Verlust der Töchter schmerzte den Bauern sehr. Er schalt sich einen alten, bösen Narren, daß er sie verwünscht hatte. Aber alle seine Trauer und seine Selbstvorwürfe nützten nichts.

Auch der Sohn des Bauern, der die Schwestern genau so lieb gehabt hatte wie sie ihn, wollte sie gern zurückhaben.

Eines Tages sagte er zu seinem Vater: „Vater, ich will meine Schwestern suchen gehen."

Ach, wie jammerte da der Vater, daß der Sohn ihn auch noch verlassen wollte. Aber der Junge beharrte auf seinem Vorhaben. Da gab ihm der Bauer so viel Geld, wie er entbehren konnte, auch eine gute Wegzehrung und segnete den Sohn.

Ja, und da wanderte der Junge los. Er ging einen ganzen Tag lang. Immer nach Osten.

Als der Abend kam, setzte er sich auf einen Baumstamm, der am Wege lag, und holte aus seinem Proviantbeutel ein Stück Brot. Er aß es mit großem Appetit.

Da kam plötzlich eine alte Frau des Weges. Sie sah müde und hungrig aus. Na, und weil der Lorenzmeier, so hieß der Junge, genug in seinem Beutel zu essen hatte, lud er die alte Frau ein, sich zu ihm zu setzen, und als sie dies getan hatte, gab er ihr ein Stück von seinem Brot und schnitt auch etwas von dem Speck aus seinem Vorratsbeutel ab, hatten ihn doch seine Schwestern gelehrt, mitleidig und hilfsbereit gegen Arme zu sein.

Als sie nun aßen, die Waldfrau und der Lorenzmeier, da erzählte der Junge der Waldfrau, warum er auf der Wanderschaft sei und fragte, ob sie nicht wüßte, wo er seine Schwestern finden könnte.

Frau Holle, niemand anderes war die alte Waldfrau, hatte Gefallen an dem Jungen gefunden. Sie sagte, sie wüßte schon, was mit seinen Schwestern geschehen sei. Und dann erzählte sie dem Lorenzmeier, daß vor ein paar Tagen drei neue Quellen im Wald entstanden wären. Die plätscherten munter über Gestrüpp und Gestein, hinunter in's Tal, wo sie sich zu einem Bach vereinten, um dann still und zufrieden durch den Wald zu fließen.

„Meinst du, daß das meine Schwestern sind?" fragte der Lorenzmeier.

„Ja, das meine ich," gab die alte Frau zur Antwort.

Er wollte wissen, ob denn die Schwestern für immer Quellen bleiben müßten oder ob es eine Möglichkeit gäbe, sie zu erlösen.

„Die gäbe es schon," sagte die alte Frau. Natürlich wollte der Lorenzmeier nun genau wissen, was da zu tun sei.

„Nicht viel," antwortete ihm die alte Frau. „Du mußt nur drei mal drei Monde lang in jeder Vollmondnacht hierher an diesen Platz kommen und abwarten, was geschieht. Aber du darfst in diesen Nächten, solange der Mond leuchtet, kein Wort reden. Nicht ein einziges. Darfst auch mit niemanden mitgehen, und wenn man dich noch so sehr darum bittet. Auch nicht, wenn die Bittenden deine Schwestern sind. Denn erst nach drei mal drei Monden sind sie von der Verwünschung frei und können selbst entscheiden, ob sie wieder zu ihrem Vater zurückgehen oder im Wald bleiben wollen."

„Und was muß ich sonst noch tun," fragte der Lorenzmeier, dem diese Aufgabe gar so leicht dünkte.

„Nichts anderes, als was du bisher auch getan hast," erwiderte die alte Frau. „Geh heim zu deinem Vater und hilf ihm in der Wirtschaft. Er braucht dich."

Ach, wie froh war da der Lorenzmeier. Singen und lachen hätte er wollen und der Waldfrau einen Kuß auf die Wange geben. Doch als er sich nach ihr umsah, war der Platz an seiner Seite leer.

Das kam dem Lorenzmeier seltsam vor. Aber er zweifelte nicht einen Augenblick an dem, was ihm die Waldfrau gesagt hatte. Fröhlich nahm er seinen Beutel, schwang ihn auf den Rücken und wanderte heimwärts.

Wieder zu Hause, erzählte er dem Vater, was er erlebt hatte. Mit dem Vater davon zu reden hatte ihm die Waldfrau ja nicht verboten.

Und weil nun die Hoffnung auf die Heimkehr der Schwestern sein Herz froh machte, ging ihm alle Arbeit leicht von der Hand.

Dann kam die erste der neun Vollmondnächte, die er im Wald verbringen sollte.

Er machte sich auf den Weg, fand auch bald den Platz, wo er der Waldfrau begegnet war. Auch der Baumstamm lag noch so da, wie er ihn in Erinnerung hatte. Er setzte sich darauf und wartete. Ein bißchen unheimlich war ihm schon zu Mute.

Als der Mond hell und voll am Himmel stand, spürte er plötzlich, daß eine Hand ihn berührte. Er sah sich um und sah seine älteste Schwester neben sich stehen. Die tat gar lieb mit ihm, setzte sich zu ihm und fragte, wie es daheim ginge und ob er sie sehr vermisse.

Der Lorenzmeier hätte am liebsten von daheim erzählt. Aber er dachte an die Worte der Waldfrau und schwieg. Gewiß, er hätte seine Schwester am liebsten umarmt, aber auch das getraute er sich nicht, denn er dachte, daß ihm dann vielleicht doch ein Wort über die Lippen käme.

Die Nacht war voller Frühling. Roch nach blühenden Weidenkätzchen und frischem, grünen Laub. Die Düfte machten den Lorenzmeier ganz schwach. Aber er hielt durch.

Als der Morgen dämmerte, küßte ihn die Schwester und ging in den Wald zurück. Er sah ihr traurig nach, blieb aber sitzen, bis er auch nicht ein Zipfelchen mehr von ihr sah.

Da brach der Morgen an und der Lorenzmeier hatte die erste Vollmondnacht von den drei mal dreien überstanden. Er ging nun wieder heim.

Die beiden nächsten Vollmondnächte verliefen nicht anders. In der vierten Vollmondnacht aber stand neben der ältesten Schwester auch die Nächstgeborene vor ihm. Ach, wie freute er sich da. Beinahe hätte er vor lauter Freude vergessen, daß er ja nicht reden durfte, um sie zu erlösen.

Auch diese Vollmondnacht überstand der Lorenzmeier, ohne zu reden. Und auch die beiden nächsten. Nun waren schon zwei mal drei Vollmondnächte vorüber.

In der siebenten Vollmondnacht besuchten ihn alle drei Schwestern. Das Jahr war schon dem Winter nahe und schwerer als in den ersten Vollmondnächten fiel es dem Lorenzmeier, zu schweigen. Dachte er doch daran, daß bald Schnee und Eis das Land gefangen halten würden und wie sehr kalt es den Schwestern sein würde.

Aber er blieb standhaft. Er redete kein einziges Wort. Auch, als die jüngste Schwester zu weinen anfing und sagte, er hätte sie nicht mehr lieb, weil er so stumm sei, blickte er sie nur traurig an und redete nicht.

So verging auch diese Nacht. Und die nächste. Und dann kam die letzte der drei mal drei Vollmondnächte und wieder ging der Lorenzmeier zu der Stelle im Wald, wo ihm die Waldfrau begegnet war. Seine Schwestern warteten schon auf ihn. Und endlich, endlich, als der Vollmond sein Licht gelöscht hatte und die Dämmerung des Morgens durch die Bäume stieg, durfte der Lorenzmeier reden.

Und er redete und redete. Erzählte von der Waldfrau und daß die Schwestern nun alle drei erlöst wären und mit ihm heimgehen könnten. Da wurden die Schwestern still, sahen den Lorenzmeier liebevoll an und erklärten ihm dann, daß sie nicht mehr mit ihm nach Hause wollten. Sie hätten sich an das Leben im Wald gewöhnt und es sei ihnen lieb geworden, daß sie sich anderes nicht mehr wünschten.

Aber der Lorenzmeier solle den Vater grüßen. Nein, sie

seien dem Vater nicht böse. Aber heim, nein, heim wollten sie nicht mehr.

Was sollten sie noch dort? Sie würden dann wieder Menschen sein, würden als Menschen alt werden und vielleicht bestünde der Vater eines Tages doch darauf, daß sie heiraten und sich trennen müßten. Nein, nein, sie wollten als Quellen im Wald bleiben.

Gewiß, sie weinten und waren traurig, die drei Schwestern, als sie von ihrem Bruder Abschied nahmen. Und auch der Lorenzmeier weinte und wollte nicht wahrhaben, daß sie sich gegen ihn und den Vater entscheiden wollten, nun, da er sie erlöst hatte.

Aber als sie dann endgültig voneinander Abschied nahmen und der Lorenzmeier seine Schwestern zum letzten Male als Menschen sah, da war ihm, als hätten sie doch das Richtige für sich gewählt.

Der Vater war sehr traurig, als er von dem Sohn erfuhr, daß seine Töchter nicht mehr zurückkehren wollten.

Er verkaufte sein Gütlein und zog mit dem Sohn dorthin, wo der Bach, der die Schwestern vereinte, aus dem Wald kam.

Dort baute er für den Sohn ein Haus. Er selbst aber zog in eine Hütte am Ufer des Baches, um seinen Töchtern nahe zu sein.

Was weiter geschah, ist bald erzählt. Der Lorenzmeier hat eines Tages geheiratet. Seine Ehe ist sehr glücklich gewesen. Sie haben neun Kinder miteinander gehabt. Und alle sind gute und tüchtige Leute geworden.

Nun ist die Geschichte aus. Und sie ist so wahr, wie es wahr ist, daß mir Annemarie Ahlborn von der dürren, der weißen und der schwarzen Nieste erzählt hat, den drei Quellflüssen der Nieste, die bei Kassel in die Fulda mündet.

Die Trollblumen vom Hirschberg

In den Wäldern der Kaufunger Berge und Täler lebten, als Kaiser Heinrich II. In den Jahren 1008 bis 1011 die Kaiserpfalz zu Kaufungen erbauen ließ, nur wenige Menschen.

Das ganze Leben dieser Waldbauern war arm und hart. Von den Glanzzeiten der kaiserlichen Pfalz spürten sie nichts. Nur gelegentlich wurden sie durch flüchtendes Wild und durch den Wald reitende Jäger daran erinnert, daß es auch Menschen gab, die nicht im Schweiße ihres Angesichts für ihr tägliches Brot arbeiten mußten.

Es kümmerte sie darum wenig, als Heinrich die Pfalz für klösterliche Zwecke bestimmte, um ein Gelübde seiner von ihm sehr geliebten Gemahlin Kunigunde zu erfüllen.

Selbst der Tod Heinrichs zu Gronau bei Göttingen im Jahre 1024 berührte die Waldbauern und ihre Lebensart in keiner Weise. Sie waren arm und blieben arm.

Rauh und hart wie das Leben der Waldbauern war auch ihr Glaube. Darin wimmelte es von Hexen, Teufeln und bösen Trollen.

Erst als die Nonnen der zu einem Benediktinerinnen-Kloster umgewandelten kaiserlichen Pfalz helfend und von der Liebe Gottes erzählend ihren Weg selbst zu den einsamsten Waldbauernhöfen fanden, wurde der Glaube ihrer Bewohner an die Mächte der Welt und des Himmels heller und erträglicher.

Wie der Waldbauer Gunderud von der Liebe Gottes erfuhr, davon geht die Kunde in unserem Land noch immer wie folgt:

Kaiserin Kunigunde war nach dem Tode ihres Gemahls

als einfache Nonne in das Kloster zu Kaufungen eingetreten. So arm wie jene, die sich gleich ihr Gott geweiht hatten, lebte sie fortan in einer kalten, schmucklosen Zelle innerhalb der mächtigen Steinmauern und ging in unermüdlicher Aufopferung über Land, um Kranke zu trösten und Notleidenden zu helfen.

Die frommen Frauen waren in jedem Hause willkommen und kein Mensch wies sie von der Schwelle, wenn sie, erschöpft von ihren langen Wanderungen, darum baten, sich ausruhen zu dürfen.

Eines Tages hatte sich die Kaiserin mit einer ihrer Gefährtinnen am Fuße des Hirschberges verirrt. Ein Gewitter überraschte sie und sie waren froh, Zuflucht in einer Hütte zu finden, in der Gunderud mit seiner kranken Frau, deren Mutter, vier Kindern und einer Ziege hausten.

Die beiden Nonnen wurden, als sie um Unterkunft baten, sehr mißtrauisch betrachtet und das kleinste der Kinder weinte aus Angst vor den fremden Frauen.

Die kranke Mutter, an deren Lager die Großmutter saß, phantasierte im Fieber und wurde von argen Wahnvorstellungen geplagt.

Gunderud saß auf einer aus rohen Holzstämmen gezimmerten Bank, den Kopf in die Hände gestützt und sah abwechselnd zu seiner kranken Frau und dann wieder zu den Nonnen hin, die sich nahe der Tür niedergesetzt hatten.

Die Kinder drängten sich um die Großmutter und beobachteten ängstlich den Vater und die Frauen.

Kunigunde bot den Kindern zu essen an. Sie hatte Dörrpflaumen, einige Kanten Brot und ein Stück Speck als Wegzehrung in ihrem Beutel.

Die Kinder, deren Hunger größer war als ihr Mißtrauen, kamen und nahmen die angebotenen Gaben.

Der Mann duldete, was er sah. Die Großmutter aber, die schon von den frommen Frauen gehört hatte, stand plötzlich auf, fiel vor Kunigunde auf die Knie und bettelte weinend: „Hilf ihr. Mach sie gesund." Kunigunde erschrak ob dieser an sie gerichteten Bitte.

Leise sagte sie zu der alten Frau: „Helfen kann nur der allmächtige Gott."

Doch sie stand auf und trat zu der Kranken, streichelte mit ihren zarten Händen deren fieberheiße Stirn und sprach sanfte Worte des Trostes.

Als sich das Unwetter verzogen hatte, wollten die beiden Frauen wieder den Heimweg antreten. Aber es war inzwischen dunkel geworden und der Weg war weit, und Kunigunde spürte zudem, daß die Kranke unruhiger wurde, als sie merkte, daß die Nonnen gehen wollten.

Da hieß Kunigunde die Kinder sich niederlegen und auch die Großmutter sollte ein wenig schlafen, während sie und ihre Begleiterin die Nachtwache übernehmen wollten.

Gunderud war dankbar und sagte, daß, wenn die Frauen blieben, die bösen Trolle des Berges sicher keine Macht über seine Frau hätten.

„Es gibt keine bösen Trolle, lieber Mann," sagte Kunigunde. „Die wohnen nur in eurer Angst vor Unbill und Dunkelheit."

Gunderud aber wollte von seiner Meinung über die Trolle nicht ablassen und seine Furcht vor ihnen war ihm ins Gesicht geschrieben. Er blickte ängstlich zur Tür und sagte: „Nur, solange das Feuer brennt, bleiben sie draußen. Vor Feuer fürchten sie sich."

Die Kaiserin, die das einfache Gemüt der Waldmenschen auf ihren langen Wanderungen kennengelernt hatte und wußte, daß man ihren Irrglauben nur mit einem Zeichen Gottes widerlegen konnte, betete um Erleuchtung, wie sie diesen armen, in ihren Ängsten verstrickten Menschen helfen könnte.

„Wenn es Trolle gibt," sagte sie nach eine Weile inbrünstigen Gebetes, „dann sind es auch Geschöpfe Gottes und Gott wird nicht zulassen, daß sie euch Böses tun. Sonst wird er sie verwandeln."

„Verwandeln," fragte Gunderud, „in was wird er sie verwandeln?" Kunigunde sah sinnend in die grüne Einsamkeit des Waldes, die um die Hütte wuchs. Dann sagte sie: „In Blumen."

Da war der Mann still und wartete schweigend, bis der Morgen kam.

Kunigunde aber betete die ganze, lange Nacht, auf ein Wunder Gottes vertrauend.

Als der Morgen über den Berg kam, wurde die Kranke ruhiger, und als die ersten Sonnenstrahlen in das Tal fielen, schlief sie den Schlaf der Genesung.

Vor der Hütte aber und rings um die Hütte herum waren die schönsten Blumen erblüht, die die Kaiserin je in diesen Tälern gesehen hatte. Goldgelbe Blüten saßen auf hohen grünen Stengeln und öffneten sich der Sonne. Gunderud war starr vor Staunen, als er aus der Hütte trat und die vielen Blumen sah.

Und er kniete, gleich den Frauen, sich auf die Erde nieder und betete mit ihnen und lobte Gott.

Von dieser Zeit an hat es keinen Troll mehr auf dem

Hirschberg gegeben, auch nicht in der Angst seiner Bewohner. Nur noch die schönen, goldgelben Trollblumen.

Und sie blühen noch immer. Jahr für Jahr. In den Wäldern, auf den Wiesen des Hirschbergs.

Osterwasser

In Allendorf lebte einmal ein reicher Mann. Der hatte bis in die zweite Hälfte seines Lebens nie Zeit gefunden, zu heiraten. Geld und Besitz zu mehren, waren ihm wichtiger gewesen.

Sein Wahlspruch in jungen Jahren hatte gelautet: „Erst muß Geld im Kasten sein, dann frei ich mir ein Mägdelein."

Später, schon im hohen Alter, hatte er sich eine junge Magd zur Frau genommen. Die aber war ihm im ersten Kindbett gestorben.

Geblieben war ihm aus dieser Ehe eine kleine Tochter, die er Gunhild nannte.

Gunhild wuchs mutterlos heran. Einzig und allein umsorgt von einer alten, fast tauben Hauserin, nachdem die Amme, als ihre Dienste nicht mehr gebraucht wurden, vom Vater entlassen worden war.

Der reiche Mann lebte noch lange. Und solange er lebte, erlaubte er nicht, daß seine Tochter heiratete. Sie mußte ihn, als er gebrechlich wurde, pflegen. Vor allen Dingen aber mußte sie ihm bei seinen Geschäften zur Hand gehen. Darüber verging ihre Jugend.

Als nun der Vater, fast hundert Jahre alt, starb, stand Gunhild allein in der Welt. Als Vertraute hatte sie nur die alte Dienerin.

Gunhilds Erbe war groß. Sie konnte es nicht allein verwalten. Da nahm sie sich einen jungen Knecht. Der wurde ihr bald lieb und vertraut. Aber sobald Gunhild Andeutungen vom Heiraten machte, stellte er sich taub.

Freilich, wenn Gunhild sich im Spiegel besah, konnte sie dem Knecht nicht einmal böse sein. Der Knecht war ein junger Bursche. Sie aber hatte ihre dreißig Lenze schon überschritten.

Aber sie liebte den Knecht. Die alte Dienerin machte sich Sorgen um Gunhild. Eines Abends setzte sie sich zu ihr an den Wohnzimmertisch und sagte: „Ich weiß, wie du deinen Knecht bekommen kannst."

Gunhild fühlte sich erkannt. Erst wollte sie ärgerlich abstreiten, daß sie den Knecht liebe. Dann aber sah sie die Sorge um sie in den Augen der Hauserin und fragte: „Wie denn, alte Urschel."

Diese sagte: „Du mußt in der Osternacht zum Holle-stein gehen. Im Hollestein ist eine Höhle und in dieser Höhle ist ein Teich. Wenn du in der Osternacht von seinem Wasser schöpfst und dich damit wäschst, wirst du so schön, daß dich jeder liebhaben muß."

Gunhild sagte: „Meine Jahre bleiben mir doch." „Ja," erwiderte die Alte, „Deine Jahre bleiben dir. Aber dein Knecht wird sie vergessen."

Da wurde Gunhild neugierig und wollte mehr vom Hollestein, der Höhle und dem Teich wissen. Und die Hauserin erzählte Gunhild alles, was sie selbst darüber wußte.

„Warum bist du eigentlich nie in einer Osternacht zum Teich gegangen", fragte Gunhild.

Die Hauserin seufzte. Dann sagte sie versonnen: „Gegangen wäre ich schon gern. Aber ich habe nie den Mut dazu gehabt."

Nun, Gunhild hatte Mut. Und je näher das nächste Osterfest kam, umso entschlossener wurde sie, sich das Osterwasser zu holen. Am Abend vor dem Auferste-hungstag nahm sie eine irdene Kanne und machte sich

auf den Weg. Zuvor aber erzählte sie der Hauserin, was sie zu tun vorhatte.

Da bekam es die Alte mit der Angst um ihre Herrin zu tun. Ja, sie versuchte sogar, Gunhild von ihrem Vorhaben abzubringen. Doch Gunhild ließ sich nicht beirren. Wie jammerte da die Alte. Sie gab aber Gunhild noch den Rat: „Sprich auf dem Heimweg kein Wort. Wenn du redest, verliert das Wasser seine Zauberkraft."

Daß sie auf dem Heimweg nicht reden sollte, machte Gunhild die wenigste Sorge. Da wollte sie schon aufpassen.

Gunhild ging nun mutig den Weg, den sie kannte, und als sie bei der Höhle war, brach sie rasch noch ein paar Zweige von einem blühenden Strauch. Sie wollte sie als Opfergabe für Frau Holle an den Teich legen. So hatte es ihr die Hauserin geraten.

Die Zweige in der Hand ging sie, alle Angst überwindend, in die Höhle hinein.

In der Höhle war es nachtschwarz. Aber Gunhilds Augen gewöhnten sich bald an die Dunkelheit. Und so sah sie auch bald den Teich, aus dem sie das Wasser schöpfen wollte. Noch war es nicht so weit. Gunhild mußte warten, bis es Nacht geworden war. Und sie wartete. Die Blütenzweige legte sie an den Rand des Teiches.

Als die Nacht über die Erde kam, war es in der Höhle so dunkel geworden, daß Gunhild nicht einmal mehr die eigene Hand vor Augen sah. Und sie entschloß sich, das Wasser zu schöpfen.

Sie tastete sich an den Rand des Teiches, wohin sie die Blütenzweige abgelegt hatte und füllte ihren Krug.

Dann trug sie ihn vorsichtig, gefüllt mit dem Zauberwasser, zurück in die Helle der Erdennacht.

Ach, wie froh war sie, als sie den Weg aus der Höhle geschafft hatte und wieder unter dem Sternenhimmel stand. Schnell wollte sie nun nach Allendorf.

Nun war aber die Höhle im Hollestein eine der Wohnungen von Frau Holle. Das hatte die Hauserin der Gunhild wohl erzählt, aber gleichzeitig gesagt, daß es ganz unwahrscheinlich sei, daß Frau Holle sich in einer Osternacht in der Höhle aufhalten würde. In der Osternacht ging Frau Holle durch Wälder und Felder, freute sich an knospenden Bäumen und lauschte den Geräuschen der erwachenden Natur. So jedenfalls hatte die Hauserin zu berichten gewußt.

In dieser Osternacht aber hatte sich Frau Holle in ihre Höhle zurückgezogen. Sie war wütend über zwei Fuhrleute, die am hellichten Tag eine Fuhre Wintergerümpel im Wald abgeworfen hatten. Sie hatte die Fuhrleute ob dieses Frevels zwar bestraft, hatte ihnen die Räder von ihrem Wagen zerbrochen, so daß sie nur mit den Pferden heimkehren konnten, aber ihr Zorn war noch nicht verflogen.

Nun war auch noch dieses Menschenmädchen gekommen, hatte aus ihrem Brunnen das Zauberwasser geschöpft. Und war schon wieder auf dem Heimweg. Aber sie, Frau Holle, war augenblicklich so böse auf die Menschen, daß sie ihr Zauberwasser zurückhaben wollte. Es sei denn, das Mädchen würde ihr sieben Jahre dienen. Dann sollte es bekommen, was es sich wünschte.

Sie verwandelte sich sogleich in eine uralte, gebrechliche Frau, legte sich auf den Weg, den Gunhild kommen mußte, und als Gunhild kam, bettelte sie um Hilfe. Sie wollte das Mädchen ja zum Reden bringen. Und es gelang ihr auch.

„Wie soll ich dir helfen, Mütterchen," fragte Gunhild. Da lachte Frau Holle laut auf und Gunhild merkte zu spät, daß sie genarrt worden war. Sie setzte sich an den Wegrand, stellte die irdene Kanne mit dem Zauberwasser, das nun seine Kraft verloren hatte, neben sich und weinte bitterlich.

Nun, Frau Holle hatte kein Herz aus Stein. Sie setzte sich neben Gunhild und ließ sich erzählen, warum sie denn so weine. Und Gunhild erzählte. Warum auch nicht. Sie konnte ja jetzt reden. Der Zauber ihres Osterwassers war sowieso verflogen.

Über dem Erzählen schlief Gunhild ein. Als sie erwachte, war es schon heller Morgen. Die Kanne mit dem entzauberten Wasser stand neben ihr. Sie wusch sich mit dem Wasser den Schlaf aus den Augen und machte sich dann auf den Heimweg.

Wie staunte sie aber, als sie den Weg nach Allendorf zurückging. Große Bäume standen jetzt dort, wo auf dem Hinweg nur kleine, schmächtige Bäumchen dem Wind getrotzt hatten. Neue Gehöfte waren über Nacht aus dem Boden gewachsen.

Als sie aber in ihr eigenes Haus kam, staunte sie noch viel mehr. Uralt war die alte Hauserin geworden. Und der Knecht, den sie als jungen Burschen verlassen hatte, war ein starker Mann geworden mit einem mächtigen Bart.

Gunhild aber sah aus, wie sie gewesen war, als sie sich entschlossen hatte, in die Höhle zum Holleteich zu gehen.

Sieben lange Jahre, so sagte man ihr, sei sie fortgewesen. Sie vermochte es kaum zu glauben, hatte sie doch gedacht, nur eine einzige Nacht am Wegrand geschlafen zu haben. Was war nur in den sieben Jahren mit ihr geschehen? Sie konnte sich nicht daran erinnern. Sie wußte nur, daß sie wie ehedem den Knecht liebte und sich nichts sehnlicher wünschte, als seine Frau zu sein. Der Knecht hatte treu und mit großem Geschick ihren Besitz noch vermehrt. Darüber legte er nun Rechenschaft ab. Ach, Gunhild hörte gar nicht auf das, was er sagte. Sie sah ihn nur voller Liebe an und da endlich spürte der Knecht, daß auch er Gunhild liebte.

Ja, und dann haben sie geheiratet. Gunhild und der Knecht. Und haben noch viele Jahre in Glück und Zufriedenheit miteinander gelebt. Und Kinder haben sie natürlich auch bekommen. Von denen leben noch viele Nachkommen in Allendorf und sind achtbare und ehrsame Leute. Allesamt.

Nach Osterwasser zum Teich in der Höhle vom Hollestein ist aber meines Wissens niemand mehr gegangen.

Von Frau Holle, dem Holleteich und Elsi, der Magd

In alten Zeiten erzählten die Leute in den Spinnstuben mancherlei Geschichten. Und gelegentlich foppten alte, erfahrene Weibsleute das junge Mädchenvolk mit verwirrendem Unsinn.

Einmal, als ein paar Leute gerade so schön beisammen saßen, erzählte die alte Tutti Erlebach, daß alle kleinen Kinder aus dem Holleteich kämen.

Dort lägen sie, wohlgewickelt und gut verpackt, tief, tief im Wasser.

Wenn nun eines gebraucht wurde, flog ein Storch zu Frau Holle. Die suchte das richtige Kindlein heraus und gab es dem Storch. Der brachte es dann zu den glücklichen Eltern.

Die junge Magd Elsi hatte diese Geschichte gehört und war felsenfest davon überzeugt, daß sie auch wahr sein müsse.

Nun aber hatte sie, noch nicht ganz sechzehn Jahre alt, ein Kind bekommen. Das hatte ihr nicht der Storch gebracht. Sie hatte es unter großen Schmerzen geboren. Trotzdem war sie noch immer davon überzeugt, daß Frau Holle es gewesen war, die ihr das Kind, einen kleinen Buben, ausgesucht hatte.

Elsi hatte sich das Kind nicht gewünscht. Deshalb wollte sie es der Frau Holle zurückgeben. Was sollte sie denn anderes tun?

Der Bauer und die Bäuerin, bei denen sie im Dienst gewesen war, hatten sie vom Hof gejagt, als sie merkten, daß sie schwanger war. Bei den Eltern konnte sie auch nicht bleiben. Die hatten ihr wohl erlaubt, bei ihnen das Kind zur Welt zu bringen. Aber sie sagten, sie müsse fort aus dem Haus, weil sie ehrlos geworden sei und Schande über die Familie gebracht habe.

Elsi verstand die Eltern nicht. An der Schande war doch ganz allein Frau Holle schuld. Die mußte sich geirrt haben.

Nun lag Elsi im Bett und die Mutter zankte mit ihr und hörte nicht auf, ihr böse Worte zu sagen.

Da stand Elsi kurz entschlossen auf, zog sich an und als die Mutter in der Küche hantierte, nahm sie ihren kleinen Buben und lief damit aus dem Haus.

Sie wollte zum Holleteich. Jetzt. Sofort. Und das Kind hineintragen, damit alle wieder mit ihr zufrieden sein konnten.

Der Weg zum Holleteich war weit. Sie mußte über Wiesen und Äcker und durch mancherlei Wald gehen. Unterwegs begegnete ihr der Gänsehirt. „Wo willst du hin," fragte der Gänsehirt.

„Zum Holleteich," sagte Elsi und viele Tränen liefen über ihr Gesicht. „Was willst du denn dort," fragte der Gänsehirt. Da erzählte ihm Elsi ihre Geschichte. Sieh an, da war doch der Gänsehirt auf der Stelle bereit, Elsi zu heiraten. Um sie wieder ehrbar zu machen.

Aber Elsi sagte: „Du bist ja noch jünger als ich. Das lassen deine Leute niemals zu."

Damit hatte sie recht. Das mußte der Gänsehirt einsehen. Da ging er traurig mit seiner Gänseherde davon.

Elsi aber ging weiter auf dem Weg zum Holleteich.

Dort angekommen, setzte sie sich an das schilfbewachsene Ufer und weinte leise vor sich hin. Den kleinen Buben hielt sie fest an sich gedrückt. Gegen Abend wollte sie ihn der Frau Holle in den Teich zurücklegen.

Wie sie so da saß, kam eine alte Frau des Weges. „Ei“, sagte die alte Frau, „was tust du denn hier so mutterseelenallein im Wald am Teich?“

Elsi konnte vor lauter Schluchzen kaum ein Wort hervorbringen. Die alte Frau wartete geduldig, bis sich das Mädchen beruhigt hatte. Dann wußte sie Elsi auch zum Sprechen zu bringen.

Als sie Elsis Geschichte gehört hatte, lachte die alte Frau laut in den hellen Tag. „Und an alledem soll Frau Holle schuld sein,“ fragte sie. „Ja,“ schluchzte Elsi, „deshalb will ich ihr das Kind zurückbringen. Frau Holle soll eine bessere Mutter dafür aussuchen.“

„Kind, Kind,“ sagte da die alte Frau. „Da hat man dir ja einen ganz schlimmen Bären aufgebunden.“ Und dann fragte sie, ob es denn einen Burschen gebe, den Elsi besonders lieb gehabt hätte.

„Nein,“ sagte Elsi. „Aber du mußt doch einen Mann kennen, mit dem du unter einer Decke geschlafen hast.“

„O ja,“ sagte da Elsi„das war der Bauer. Der hat eines Abends in meiner Kammer gestanden und gesagt, daß ihm kalt sei. Ich sollte ihn wärmen. Und dann ist er zu mir ins Bett gekommen.“

„Na also,“ sagte da die alte Frau„da haben wir ja den Vater. Aber der wird dich nicht heiraten. Der hat schon eine Frau.“

Elsi hatte der alten Frau aufmerksam zugehört. Und mit einem Male wußte sie, daß nicht Frau Holle an ihrem Elend schuld war, sondern daß immer ein Mann und eine Frau zusammen schlafen mußten, wenn ein Kind zur Welt kommen sollte. Da wurde Elsis Leid noch größer und das Herz gar so schwer.

„Würdest du dein Kind denn gern behalten wollen," fragte die alte Frau.

Elsi nickte und preßte den kleinen Buben ganz fest an sich. „O ja," sagte sie, „aber was soll dann aus uns werden?"

„Das laß meine Sorge sein," sagte da die alte Frau, „wenn du willst, kannst du bei mir dienen. Dann wird für dich und dein Kind gesorgt sein." Elsi war alles recht. Sie gingen einen weiten Weg und kamen an eine große Höhle. Als sie in der Höhle waren, sah Elsi einen Haufen Laub in einer Ecke. Die alte Frau deutete darauf und sagte: „Das ist mein Bett. Wenn du bei mir bleiben willst, mußt du es jeden Tag schütteln, daß es fein weich ist, wenn ich mich zur Ruhe legen will."

Elsi sah voller Entsetzen die dunkle Höhle und das Laub und begann wieder zu weinen. Da strich ihr Frau Holle, denn niemand anderes als sie war die alte Frau, sanft über die Augen und auf einmal sah Elsi alles in einem ganz anderen Licht. Die dunkle Höhle hatte sich verwandelt. Die Wände glänzten und funkelten und waren so schön anzusehen, viel schöner als alle Stuben, die Elsi jemals gesehen hatte.

Der Haufen Laub aber war zu einem breiten Bett geworden mit dicken, weichen Daunenkissen darauf.

In einer anderen Ecke der Höhle aber standen noch zwei Betten. Und Schränke und Truhen waren da und viel Geschirr, und alles sah so einladend aus, daß Elsis Herz leichter wurde.

Die alte Frau sagte: „Drei mal sieben Jahre sollst du mir dienen. Wenn du alles zu meiner Zufriedenheit tust, will ich dich nach dieser Zeit reichlich belohnen." Da war Elsi froh und versprach der alten Frau, alles gut und recht und nach deren Willen zu tun. Das tat Elsi dann auch. Und sie litten von nun an weder Hunger noch Not, sie und ihr kleiner Bub. Nur einsam war Elsi. Die alte Frau kam nur selten, um in ihrem Bett zu schlafen. Doch die Zeit verging wie im Flug. Aus dem Buben wurde ein großer, hübscher Bursche, den es bei der Mutter gar nicht mehr halten wollte.

Elsi hatte ihm von der Welt erzählt, aus der sie kam. Und der Bub sagte immer wieder: „Komm, Mutter, wir gehen in die Welt, aus der du gekommen bist." Aber Elsi blieb standhaft.

Als die drei mal sieben Jahre vorbei waren, kam die alte Frau und sagte, daß nun Elsis Dienst beendet sei.

Und sie strich Elsi wieder über die Augen und da verwandelte sich das Reich, das so schön gewesen war, wieder in die häßliche Höhle mit dem Haufen Laub.

Vor der Höhle aber stand ein prächtiger Wagen mit zwei wunderschönen Pferden davor. Und der Wagen war vollgepackt mit Kisten und Schränken und Truhen.

„Das alles gehört dir für deine Dienste," sagte die alte Frau und gab Elsi noch einen großen Beutel voll mit Silbertalern.

Dann sagte sie: „Nun fahrt ins nächste Dorf. Dort kaufst du einen kleinen Hof und vererbst ihn eines Tages deinem Sohn. Aber fleißig müßt ihr sein, damit euch die Leute achten."

Als die alte Frau diese Worte gesprochen hatte, wollte Elsi ihr aus vollem Herzen danken. Aber da war die alte Frau nicht mehr zu sehen und nur sie und der Sohn standen vor dem schönen, großen Wagen und sahen sich verblüfft an. Und der Sohn war gekleidet wie ein feiner junger Herr.

Er setzte sich auf den Wagen, trieb die Pferde an und lenkte sie geschickt und verständig über die Waldwege, als hätte er sein Lebtag nichts anderes getan.

Was aus Elsi geworden ist?

Nun, sie hat sich eine feines, kleines Gütlein gekauft und dort gewohnt und gearbeitet.

Geheiratet hat sie auch. Und zwar den ehemaligen Gänsehirten, der inzwischen ein großer, starker Mann geworden war. Und ein guter dazu.

In Elsis Spinnstube aber durfte die Geschichte der alten Tutti Erlebach von dem Teich, in dem kleine Kinder auf glückliche Eltern warten, nie, niemals erzählt werden.

Die Köhlerliese

Vor ein paar hundert Jahren lebte einmal ein junges Mädchen. Dem waren die Eltern früh gestorben. Es hatte aber von seinem Vater das Köhlerhandwerk abgesehen und betrieb nun allein einen Holzkohlemeiler.

Das war eine schwere Arbeit. Aber Liese, so hieß das Mädchen, war froh, daß sie sich selbst ernähren konnte und andere nicht um Hilfe bitten mußte.

Eines Tages klopfte es an die Tür ihres Hauses. Zwei Männer standen davor und baten um Unterkunft für die Nacht.

Nun war das Haus, das Liese von den Eltern ererbt hatte, nur klein. Es hatte nur eine einzige Stube und einen Verschlag, in dem eine Ziege untergebracht war. Außerdem sahen die beiden Männer zum Fürchten aus. Aber da Liese ein gutes Herz hatte, hieß sie die beiden in ihr Haus eintreten und bot ihnen die Stube als Nachtlager an. Sie selbst stieg die Treppe zum Boden hinauf, wo das Heu für die Ziege aufbewahrt wurde, und wollte dort schlafen.

Doch Liese kam nicht zum Schlafen. Die Männer in der Stube unter ihr unterhielten sich so laut, daß sie fast alles mithören konnte. Zwar mahnte der eine der beiden Männer den anderen, nicht so laut zu reden. Aber der Angesprochene lachte nur und sagte: „Reg dich nicht auf. Hier sind wir sicher. Das Mädchen auf dem Heuboden schläft doch längst." Aber Liese schlief eben nicht. Sie schob das Heu auseinander und versuchte genauer zu hören, was die beiden Männer redeten.

Und sie hörte Schreckliches. Die Männer waren Räuber. Sie brüsteten sich mit ihren Untaten. Erst an diesem Tage hatten sie einen kleinen Mann überfallen, ihm Geld und Ware abgenommen und ihn dann, als er sich wehrte, mit ein paar Messerstichen zum Schweigen gebracht und ihn in ein Gebüsch geworfen.

Sie beschrieben sogar, wo sie ihre Schandtat begangen hatten. Dann teilten sie das erbeutete Geld und die gestohlenen Waren und legten sich danach seelenruhig auf den blanken Fußboden und schnarchten um die Wette.

Liese jedoch konnte die ganze Nacht nicht schlafen. Sie tat aber am anderen Morgen, als hätte sie nichts von all dem Bösen, von dem die Räuber geredet hatten, gehört. Ja, sie brachte ihnen sogar einen Krug mit frischer Milch und jedem ein Stück Brot. Mehr hatte sie selbst nicht. Dann wünschte sie ihnen guten Weg und war froh, als sie das Haus verlassen und der Ziege nichts zuleide getan hatten.

Sie wartete noch eine Weile in ihrem Haus, sah erst nach dem Holzkohlemeiler, als sie annehmen konnte, daß sie den beiden Räubern bestimmt nicht mehr begegnen würde. Dann nahm sie ihre Ziege, als wenn sie mit ihr weiden gehen wollte und ging zu der Stelle, von der die Räuber geredet hatten, als sie sich ihrer Schandtat rühmten.

Liese mußte nicht weit gehen. Bald kam sie zu einem Gebüsch, aus dem leises Stöhnen klang. Vorsichtig drückte Liese die Zweige des Busches auseinander. Da sah sie einen kleinen Mann liegen. Viel kleiner als sie selbst. Der klagte vor sich hin. Doch er war zu schwach, um auf ihre Fragen zu antworten.

Da nahm ihn Liese kurz entschlossen in ihre Arme und trug ihn zu ihrem Haus. Es war ihr gleich, daß sie sich ihr

Kleid blutig machte und daß, je länger sie ging, es ihr immer schwerer ankam, den kleinen Mann zu tragen. Der hatte schon sein Gewicht. Aber sie hielt durch. Die Ziege trottete getreulich hinter ihr her.

Endlich war Liese wieder in ihrer Hütte. Sie legte den kleinen Mann auf ihr eigenes Bett. Dann wusch sie ihm die Wunden von dem verkrusteten Blut frei und gab ihm ein paar Schlucke Milch zu trinken. Der kleine Mann, obwohl noch immer nicht bei Bewußtsein, schluckte die Milch. Dann fiel er in einen tiefen Schlaf.

Am anderen Morgen war Liese schon sehr zeitig auf und kümmerte sich um den kleinen kranken Mann. Endlich schlug er die Augen auf und wunderte sich sehr, daß er in einem Bett lag und von einer jungen Frau betreut wurde. Liese erzählte ihm, wie sie ihn gefunden hatte. Da erzählte auch er von dem schlimmen Raubüberfall und dankte der Liese ganz herzlich, daß sie sich seiner angenommen hatte.

Nach ein paar Tagen waren die Wunden dank der guten Pflege von Liese verheilt und der kleine Mann konnte wieder aufstehen. Nun wollte er auch wieder heim zu seinem Volk, den Kohlewichteln.

Liese hatte noch nie etwas von den Kohlewichteln gehört. Auch nicht von der schönen schwarzen Kohle, die sie aus dem Berg klopften und dann verkauften und dafür soviel Geld bekamen, daß sie gut davon leben konnten.

Ach, wie lauschte Liese den Erzählungen des Kohle-wichtels, als er davon sprach, daß nur einige Brocken von der Bergkohle genügten, um eine ganze Stube warm zu heizen. Und man konnte sich einen ganzen Wintervorrat davon aus dem Berg brechen, ohne daß man sich sehr anstrengen mußte. So sagte der Kohlewichtel.

„Das muß eine schöne Sache sein," erwiderte Liese und dachte daran,wie schwer die Arbeit mit dem Holzkohle-meiler war.

Ein paar Tage später machte sich der Kohlewichtel auf den Weg zu seinem Volk. Liese begleitete ihn ein Stück.

Als sie eine Weile gingen, sagte der Kohlewichtel: „Liese, ich verdanke dir mein Leben und möchte, daß es dir immer gut geht."

Liese versicherte ihm, daß sie ihm gern geholfen habe und daß sie keinen Dank brauche. Sie freue sich, daß er wieder gesund geworden sei.

Nun, der Kohlewichtel war ja wirklich wieder gesund geworden und schritt munter, ein Liedlein pfeifend, seinen Weg nach Hause.

Vor einer Höhle, die in den Berg führte, blieb er stehen. „Hier," sagte er, „ist einer der Eingänge in unseren Berg. Es ist keinem Menschen gestattet, unsere Woh-nungen zu betreten. Das ist ein strenges Gesetz in unserem Volk. Ich muß mich jetzt von dir verab-schieden."

Ehe er aber im Berg verschwand, sagte er noch: „Komm jeden Abend mit deiner Ziege hierher. Ich werde dir Abend für Abend einen Korb voller schöner, schwarzer Kohle vor die Höhle stellen. Bring aber selbst einen Korb mit. Da hinein schichte die Kohle. Was du nicht selbst zum Heizen brauchst, verkauf auf dem Markt. Das bringt ein schönes Stück Geld."

„Aber warum soll ich jedes Mal die Ziege mitbringen," fragte Liese.

„Ach, die ist nicht weiter wichtig," antwortete der

Kohlewichtel. „Es ist nur darum, daß die Leute auf keine dummen Gedanken kommen. Wenn du mit der Ziege herkommst, denkt jeder, du bringst sie zum Weiden."

Mit diesen Worten verschwand der Kohlewichtel im Berg.

Liese ging am Abend des anderen Tages mit ihrer Ziege und einem Korb am Arm zu dem Höhleneingang. So recht glaubte sie ja nicht, was der Wichtel ihr erzählt hatte. Aber da stand doch tatsächlich ein Korb, vollgepackt mit schönen Bergkohlestücken, vor ihr im Gebüsch, das die Höhle vor neugierigen Augen schützte. Und Liese packte die Kohlestücke in ihren Korb um.

Abend für Abend ging sie nun mit ihrer Ziege und ihrem Korb zu dem Höhleneingang und Abend für Abend, auch im Winter, stand ein Korb mit guten Kohlestücken vor der Höhle.

Was Liese nicht selbst zum Heizen ihrer Stube brauchte, verkaufte sie.

Und es geschah, wie der Kohlewichtel vorausgesagt hatte. Liese wurde mit der Zeit wohlhabend.

Ach, wie freute sie sich, daß sie sich nun auch einen hübschen Rock, ein Samtmieder und schöne, weiße Leinenblusen kaufen konnte. Bisher war sie ja nur immer in den alten Kleidern ihrer Mutter herumgelaufen und kein Mensch hatte bemerkt, wie jung und hübsch sie war.

Nun könnte die Geschichte zu Ende sein. Aber leider ist das nicht der Fall. Denn als die Leute im Dorf sahen, daß es der Liese gut ging, sie sich aber nicht erklären konnten, woher der plötzliche Reichtum kam, behaupteten einige, Liese hielte es mit der Zauberei und sei eine Hexe.

Eines Tages zogen ein paar rüde Dorfbewohner zu ihrem kleinen Häuschen und beschimpften sie, ja, sie bewarfen das kleine Haus mit Steinen und hätten wohl auch Liese gesteinigt, wenn sie gerade zu Hause gewesen wäre. Aber Liese war wieder einmal auf dem Markt. Unter den Leuten war ein junger Mann, dem es nicht gefiel, wie die Menschen von Liese redeten. Er fragte sie, was sie ihr vorzuwerfen hätten. Sie sei ordentlich, fleißig und sauber und wäre noch niemanden zur Last gefallen. Allen wäre sie gefällig gewesen, wenn man um ihre Hilfe gebeten hätte.

Das alles sei doch kein Verbrechen und der Liese hoch anzurechnen.

Da gingen die Leute doch tatsächlich beschämt und einsichtig geworden nach Hause.

Als Liese von dem Vorfall erfuhr, ging sie zu dem jungen Mann,um sich bei ihm zu bedanken.

Jetzt ist die Geschichte aber wirklich bald zu Ende.

Denn kaum sah Liese den Mann, liebte sie ihn auch schon. Nicht nur, weil er für sie eingetreten war, einfach deshalb, weil ihr Herz sich dem seinen zuwandte. Und dem Mann erging es ebenso.

Sie waren ein schönes Paar, als sie Hochzeit machten.

Am Morgen nach der Hochzeit erhielten sie einen ganz besonderen Besuch. Der Kohlewichtel kam, um dem jungen Ehepaar zu gratulieren.

Gleichzeitig sagte er ihnen, daß die Kohlewichtel den Berg verlassen wollten. Die Menschen wären auf die Kohle im Berg aufmerksam geworden. Da hätten die Kohlewichtel keine Ruhe mehr. Sie würden auswandern. Wohin, wüßten sie noch nicht. Er könne der Liese nun leider nicht mehr jeden Tag die Kohle vor den Höhlenausgang stellen. Aber da sein Volk ja nun wegginge, sollten Liese und ihr Mann die Höhle erweitern. Dort würden sie soviel Kohle finden, daß sie ihr ganzes Leben damit versorgt sein würden.

Wie es weiterging? Die Kohlewichtel sind aus dem Berg verschwunden. Dafür hat der Abbau der Kohle durch Menschenhand begonnen. Doch das ist eine andere Geschichte.

Die Liese und ihr Mann aber lebten glücklich und zufrieden bis an ihr Lebensende.

Wie es den Räubern ergangen ist, muß aber auch noch gesagt werden. Die kauften sich von dem geraubten Geld viel Branntwein und tranken sich damit um den Verstand.

Warum die Füchse Kaffee kochen

Es ist schon ein paar hundert Jahre her, da ging Rupert, der Sohn eines Bauern, an einem schönen Herbsttag durch den Wald um in einem Nachbardorf eine junge Magd zu freien.

Unterwegs sah er in halber Höhe eines Berges Rauch aufsteigen.

Er wurde neugierig und wollte wissen, was es mit dem Rauch auf sich habe. Also ging er dorthin, wo sich der Rauch als weißer Nebel in den Himmel kräuselte.

Da stand er auf einmal mitten auf einer schönen Waldwiese unter vielen kleinen Leuten. Männern, Frauen und Kindern. Und alle diese Leute waren nicht viel größer als eines Mannes Arm lang ist.

Auf der Wiese aber brannte in einem kleinen Steinwall ein helles Feuer. Darüber hing an einem Holzgestell ein Topf. Darin brodelte und dampfte eine sehr gut riechende braune Brühe.

Die kleinen Leute waren sehr erschrocken, als sie den Bauernsohn sahen. Als sie aber merkten, daß er ihnen nichts zuleide tun wollte, luden sie ihn ein, mit ihnen zu essen und zu trinken.

Rupert nahm die Einladung gern an. Er aß und trank, was immer ihm angeboten wurde. Und die kleinen Leute forderten ihn immer wieder auf, zuzugreifen, obwohl sie doch mit ihm als Gast nicht gerechnet hatten.

Nachdem Rupert sich sattgegessen hatte, bedankte er sich bei den kleinen Leuten und sagte, nun müsse er aber gehen und nach seiner Braut sehen. Die würde Augen machen, wenn er ihr erzählte, daß er bei den kleinen Leuten zu Gast gewesen sei.

81

Ach, da waren die kleinen Leute sehr erschrocken. Sie baten ihn, nicht von ihnen zu reden. Es sei ja fast das letzte Stückchen Grund, wo sie sich noch treffen konnten, ohne von den Menschen gestört zu werden. Er sollte doch, ach bitte, er solle doch nichts von ihnen erzählen. Dann würde es ihm gut gehen sein Leben lang.

Rupert, der sich inzwischen schon einen Reim darauf gemacht hatte, daß er bei den Wichteln zu Gast war, fragte kleinlaut: „Ja, aber was sag ich dann meiner Braut?"

Da überlegten die kleinen Leute. Der wohl älteste von ihnen wußte Rat. „Erzähl doch, du wärst vom langen Weg müde gewesen. Da hättest du dich an den Wegrand gesetzt und bist eingeschlafen. Und während du geschlafen hast, hättest du geträumt, du wärst bei schönen, braunen Füchsen zu Gast gewesen. Die hätten gerade Kaffee gekocht."

Da sagte Rupert: „Das glaubt mir doch kein Mensch, das mit den Füchsen und dem Kaffee."

Doch der kleine Mann neben ihm deutete auf die Wiese und sagte: „Schau doch mal genau hin. Was siehst du da?"

Ja, da glaubte doch Rupert seinen Augen nicht mehr trauen zu können. Statt der kleinen Leute, die er bis dahin gesehen hatte, standen nur noch rotbraune Füchse um ihn herum. Richtige Waldfüchse, wie er schon manchmal einen erschlagen hatte, wenn sie sich an seines Vaters Hühnerstall zu schaffen machten.

Nur in der Mitte der Wiese stand noch das Holzgestell, von dem herab ein Topf über verglühendem Feuer hing. Und aus dem Topf brodelte und dampfte es zum Himmel hinauf.

Nun wußte Rupert wirklich nicht mehr, ob er nur geträumt hatte oder das Opfer eines Zaubers der Wichtelleute geworden war.

Er machte sich verwirrt und nachdenklich auf den Weg, um endlich das Ziel seiner Wanderung zu erreichen.

Dort angekommen, erzählte er seiner Braut und deren Leuten, was ihn die Wichtel zu sagen gebeten hatten. Da lachte man ihn aus. Neckte und foppte ihn und fragte ihn allen Ernstes, ob er etwa Angst vor der ins Haus stehenden Hochzeit gehabt hätte und darum so spät gekommen sei.

Die Neckereien waren dem Rupert gar nicht recht. Er war aber keiner von denen, die leicht aus der Fassung geraten. Darum lachte er mit denen mit, die sich über ihn lustig machten. Er wollte um keinen Preis die kleinen Leute, die ihn so freundlich bewirtet hatten, verraten.

Na, und seit dieser Zeit heißt es, wenn irgendwer irgendwo aus den Tälern in den Bergen Nebel aufsteigen sieht: „Die Füchse kochen Kaffee."

Dem Rupert ist es aber tatsächlich sein Leben lang gut ergangen. Sein Hab, Kind und Vieh – gut gedieh.

Die schönen Kinder von Velmeden

Vor ein paar hundert Jahren lebte einmal ein schöner, großer Junge in Velmeden.

Den schickte seine Mutter eines Tages in den Wald, Holz zu schlagen. Unterwegs sah er, wie ein kleines Männchen gegen einen großen Hühnerhabicht kämpfte.

Der Junge besann sich nicht lange, nahm einen starken Baumzweig und jagte mit viel Geschrei und den Baumzweig schwingend den Hühnerhabicht davon.

Da war der kleine Mann, es war ein Wichtel, sehr froh. Er sagte viele Worte des Dankes und versprach dem Jungen auch eine Belohnung. Dann aber machte er sich unsichtbar und war nicht mehr zu sehen.

Der Junge dachte, daß dies nicht gerade die feinste Art sei, sich aus dem Staube zu machen, noch dazu ohne die versprochene Belohnung. Aber er tat gewissenhaft seine Arbeit. Dann ging er nach Hause.

Der Mutter erzählte er, was er erlebt hatte. Die lachte ihn aus und sagte, daß er wohl am hellen Tage geträumt habe.

Aber der Junge hatte nicht geträumt.

Er dachte immer wieder daran, wie der Hühnerhabicht den kleinen Mann fast in Stücke zerrissen hätte. Zur Nacht konnte er vor lauter Gedanken nicht einschlafen. Da hörte er, wie jemand an sein Fenster klopfte. Erst dachte er, es sei der Wind, der an den Fensterläden rüttelte. Aber es war eine windstille Nacht. Und das Klopfen hörte nicht auf.

Er stand auf um nachzusehen, wer da wohl zu ihm herein wollte.

Und siehe da, es war der kleine Wichtel, der an das Fenster pochte. Der Junge öffnete das Fenster und hui, sprang der Wichtelmann in das Zimmer. „Komm," sagte er zu dem Jungen, „zieh dich an. Du sollst noch heute deine Belohnung erhalten."

Der Junge hatte erst gar keine Lust, dem Wichtelmann in die Nacht zu folgen. Dann aber ließ er sich doch überreden und war bald darauf mit dem Wichtelmann auf einem Waldweg zum Meißner hinauf.

Es war ein langer Weg. Aber der Junge war stark und gesund und sprang wie ein Füllen den Berg hinauf, während der Wichtelmann schnell wie eine Eichkatze ihm vorauslief. Auf dem Meißner blieb der Wichtelmann vor einer großen Wiese stehen.

Der Mond schien fast taghell auf die Wiese. Da sah der Junge viele kleine Leute im Gras lagern und ein Gastmahl halten. Der Junge wurde dazu eingeladen.

Eine schöne, weißgekleidete junge Dame, viel größer als die Wichtelleute, reichte ihm einen Becher Wein.

Als er den Becher leer getrunken hatte, konnte er verstehen, worüber sich die Wichtel unterhielten.

Da ging es doch tatsächlich um ihn, den Jungen aus Velmeden.

Die Wichtel konnten sich nicht einigen, was für eine Belohnung er erhalten sollte.

Manche waren der Meinung, ein Beutel mit Silbertalern wäre ein gutes Geschenk, andere wollten ihm ein starkes Schwert geben, weil die Zeit so entsetzlich unsicher war und immer noch viele Räuber und Mörderbanden durch das Land zogen.

Da sagte der Wichtel, den der Junge gerettet hatte: „Laßt ihn doch selbst wählen, was er gern haben möchte." Mit dieser Lösung waren alle die kleinen Damen und Herren einverstanden.

Der Wichtel, den der Junge gerettet hatte, ging zu der schönen jungen Frau und gab ihr in die eine Hand einen Beutel voll mit Silbertalern, in die andere Hand ein Schwert. Nun sollte der Junge wählen.

Aber der Junge sah weder den Beutel mit den Talern, noch das Schwert an. Er sah nur noch die junge, schöne Frau.

Die Wichtel wurden ungeduldig. Der Junge sollte wählen, nicht aber ihre schöne Prinzessin anschauen.

Der Junge konnte sich aber von dem Anblick des schönen Mädchens nicht losreißen. Von den Wichteln bedrängt, was er nun haben wolle, sagte er leise: „Gebt mir die Prinzessin zur Frau."

„Hört, hört," sagten die Wichtelmänner, „er will unsere Prinzessin zur Frau." Aber sie wurden nicht etwa böse darüber, wie der Junge gedacht hatte. Sie sagten ihm nur, sie wollten sich zur Beratung zurückziehen.

Das wurde eine lange Beratung. Aber dem Jungen wurde die Zeit nicht lang. Er sah in die Augen der Prinzessin und entdeckte, daß auch sie ihn gern ansah. Endlich kamen die Wichtelleute zurück.

Ein ganz alter Wichtelmann sagte zu dem Jungen: „Du hast gewählt. Wenn die Prinzessin dich will, sollt ihr Mann und Frau werden. Sie ist ein Menschenkind wie du. Als ihre Eltern von bösen Räubern erschlagen wurden, haben wir sie zu uns genommen. Sie ist als meine Tochter aufgewachsen. Aber nun ist sie schon so viel größer als ich es bin und es wäre falsch, wollte ich sie hindern dir zu folgen, wenn sie aus freien Stücken mit dir gehen will."

Da ließ die schöne, junge Frau das Schwert und den Beutel mit den Silbertalern auf die Erde fallen und ging fröhlich auf den Jungen zu. Es wurde nun ausgemacht, daß sie seine Frau werden sollte.

„Nicht sofort," sagte der alte Wichtelmann. „Wenn sie auch nicht meine leibliche Tochter ist, soll sie doch nicht wie eine Bettlerin in dein Dorf kommen. Sie wird dir einen Brautschatz bringen, mit dem du zufrieden sein wirst."

Anderntags sollte die Hochzeit sein. Da ging der Junge fröhlich nach Hause. Als er wieder in seinem Bett lag, dachte er, es sei nur ein Traum gewesen, der ihn genarrt habe.

Aber nein. Am anderen Tag, schon in der Morgenfrühe, fuhr ein vollbepackter Brautwagen vor das Haus, und auf dem Kutschbock saß, angetan mit schönen Kleidern, die Wichtelprinzessin.

Ja, da war die Freude groß. Der Junge hob seine schöne Braut vom Wagen herab und tanzte mit ihr einen fröhlichen Polkatanz im Hof, während die Mutter den reichen Brautschatz bestaunte.

Noch am gleichen Tage wurde die Hochzeit gefeiert. Und Glück und Freude waren gute Gäste im Haus.

Ihr meint, das sei eine erfundene Geschichte? O, nein, sie ist so wahr wie die Zwiebel sieben Häute hat.

Und sieben glückliche Kinder wurden den Eltern während ihrer Ehe geboren. Na, und von denen stammen ganz gewiß die schönen Kinder ab, die es noch heutzutage in Velmeden gibt.

Das goldene Kreuz

Einmal machte sich aus einem der Meißnerdörfer ein armer Junge auf den Weg, um in der Welt sein Glück zu suchen.

Ehe er aber ging, gab ihm seine Mutter ein kleines goldenes Kreuz, das hing an einer Kette. Diese Kette mit dem geweihten Kreuz legte die Mutter dem Jungen um den Hals und sagte: „Gott beschütze dich, mein lieber Sohn. Bleib in dem, was du gelernt hast und weich keinen Schritt vom rechten Wege ab."

Der Junge machte sich also auf den Weg. Unterwegs kam er an drei Kreuzwegen vorbei. Weil die Mutter ihm gesagt hatte, weich keinen Schritt vom rechten Wege ab, wählte er an den Kreuzwegen immer den Weg, der rechter Hand vor ihm lag.

Als er Hunger hatte, setzte er sich auf einen Baumstamm und brach ein Stück Brot von dem Laib ab, das ihm die Mutter als Wegzehrung mitgegeben hatte. Kaum saß er und aß sein Brot, sah er plötzlich zwei kleine Wichtelmänner vor sich stehen, die hungrig auf sein Brot sahen.

Der Junge, der ein gutes Herz hatte, teilte sein Brot in drei Teile und gab jedem der Wichtelmänner einen Teil. Das letzte Stück behielt er für sich selbst. Sie saßen nun zu dritt auf dem Baumstamm und ließen es sich gut schmecken.

Als die beiden Wichtelmänner ihr Brot gegessen hatten, bedankten sie sich bei dem Jungen und waren im gleichen Augenblick verschwunden.

Der Junge machte sich wieder auf den Weg. Bald kam er in eine Stadt, in der er sich vergeblich um eine Arbeitsstelle bemühte. Am Abend ging er durstig und müde in ein Wirtshaus und setzte sich an einen Tisch. An dem Tisch saß aber schon ein gar vornehmer Mann. Der war stattlich gekleidet. Ein großer Hut mit einer prächtigen Feder darauf zierte seinen Kopf und an den Fingern trug er viele Ringe. Die waren alle aus purem Gold.

Der Junge bat den Wirt um ein Glas Wasser. „Was," sagte der Wirt, „du kommst in mein Haus und willst weiter nichts als ein Glas Wasser? Scher dich hinaus. Das Wasser trink draußen am Brunnen."

Der fremde, prächtig gekleidete Mann beschwichtigte den Wirt und bestellte für den Jungen eine tüchtige Portion Fleisch mit Brot und saurem Kohl. Als der Junge gegessen hatte, fühlte er sich wohl an Leib und Seele und dankte dem Fremden für die erwiesene Wohltat.

Da sagte der Fremde: „Eine Hand wäscht die andere. Ich brauche einen Diener. Willst du mein Diener sein?" Der Junge sah den Fremden genau an und plötzlich wußte er, wer ihn zu dem guten Mahl eingeladen hatte. Es war doch der leibhaftige Teufel, der ihm da gegenüber saß.

Nein, dem Teufel wollte der Junge nicht dienen. Und er sagte, daß er anderes vor hätte, als eines reichen Mannes Diener zu sein.

Da wurde der Teufel böse. Er spuckte fast vor Wut und sagte: „Erst ißt du dich für mein Geld satt und dann willst du nichts für mich tun. Das geht nicht."

Der Junge aber wollte ums Totschlagen nicht des Teufels Diener werden. Er erfand immer neue Sprüche, um sich aus der Klemme zu ziehen.

Da bekam der Teufel Spaß an dem Handel und sagte:

„Na gut, du kannst dich loskaufen, wenn du mir drei Fragen richtig beantwortest."

Der Junge sagte, daß er versuchen werde, zu antworten. Der Herr solle nur die drei Fragen stellen.

Da stellte ihm der Teufel die drei Fragen. Er sagte: „Wenn du mir sagen kannst, wer du bist, wie du bist und was du bist, dann soll dir das Gastmahl geschenkt sein und du darfst frei deines Weges ziehen." Der Junge dachte nach. Er dachte sogar sehr lange nach. Dann sagte er: „Wer ich bin ist leicht gesagt. Ich bin der Witwe Goldschmied ihr Sohn und bin ausgezogen, ein ehrliches Handwerk zu lernen. Fragt in meinem Dorf nach, wenn ihr mir nicht glaubt.

Wie ich bin, ist auch nicht schwer zu beschreiben. Ich bin nicht klug, aber ich bin auch nicht dumm.

Und was ich bin, das ist am allerleichtesten zu beantworten. Ich bin ein getaufter Christ."

Bei diesen Worten zog der Junge das kleine goldene Kreuz aus seinem Hemd hervor und zeigte es dem Herrn Teufel. Da wurde der Teufel so böse, daß er aufstand, aus dem Wirtshaus stürmte, einen großen Stein ergriff und diesen in Richtung Sonnenaufgang warf.

Dann aber verschwand er auf Nimmerwiedersehen.

Sogleich gingen der Wirt, der Junge und alle Gäste, die im Wirtshaus gewesen waren, nachsehen, wo der Stein geblieben war.

Der Stein lag auf einem Berg, nahe der Stadt und war so schwer, daß ihn zwanzig Männer nicht bewegen konnten.

Mit den Leuten, die sich den Stein besahen, war auch die Tochter des Wirtes auf den Berg gekommen. Sie hatte den Jungen schon am Tage gesehen, als er bei dem

Nachbar Hufschmied um Arbeit fragte. Sie bat den Vater den Jungen dazubehalten und ihm eine Arbeit zu geben.

„Nichts da," sagte der Wirt, „der Junge hat es mit dem Teufel. Er wird das Böse anlocken und wir werden dann alle dem Verderben ausgeliefert sein."

Aber die Tochter bat noch einmal für den Jungen und sagte auch, daß sie den Jungen lieb hätte.

Der Wirt wurde sehr böse und schrie die Tochter an: „Laß den Habenichts laufen. So wenig, wie er über dem Teufelsstein eine Kapelle errichten kann, so wenig werde ich erlauben, daß er bei uns bleibt."

Da gingen alle Leute wieder zurück in die Stadt. Auch der Wirt und seine Tochter. Und der Junge machte sich auf, um weiterzuwandern. Die Tochter des Wirtes ging ihm nicht aus dem Sinn. Er hatte sie nur einmal gesehen, aber schon hatte er sie liebgewonnen.

Er legte sich in den Schutz eines mit wildem Efeu berankten Baumes, legte sein Ränzel unter den Kopf und träumte in die beginnende Nacht. Es war ein schöner Traum, der ihn umfing. Als er so dalag und träumte, raschelte es plötzlich neben ihm im Gebüsch. Als er sich nach dem Geräusch umblickte, sah er doch die zwei Wichtelmänner wieder, mit denen er am Mittag sein Brot geteilt hatte.

Die setzten sich neben ihn ins grüne Gras. „Wir wissen, warum du so traurig bist," sagte der eine Wichtelmann. „Wir wollen dir helfen," sagte der zweite, und er fügte hinzu: ;;Wir haben gehört, mit welchen Worten dich der Wirt aus seinem Haus wies."

„Nun", sagte da der Junge, „dann wißt ihr auch, daß es für mich unmöglich ist, zu erfüllen, was er verlangt."

„Für dich ja," sagte der ältere Wichtel. „Aber nicht für uns. Wir bauen dir die Kapelle. Und ein Haus dazu bauen wir dir auch."

Ungläubig schaute der Junge die Wichtelmänner an. „Glaub nur, wir tuns," sagte der ältere Wichtel. „Slava, mein Bruder," er zeigte auf den Wichtel neben sich, „wird alle Leute unseres Volkes zusammenrufen, und ich, Mora, sage dir, daß schon morgen die Kapelle über dem Teufelsstein stehen wird und gleich daneben ein schmuckes Haus für dich."

„Und was soll ich dafür tun?" fragte der Junge.

„Nicht viel," sagte der Wichtel Mora. „Du mußt uns nur versprechen, jeden Abend eine gute Mahlzeit für uns in die Küche deines Hauses zu stellen."

Der Junge dachte nach. Dann sagte er: „Das ist nicht viel, was ihr wollt. Aber woher soll ich nehmen, was ich für die Mahlzeiten brauche. Ich habe ja selbst nicht satt zu essen."

Der Wichtel Slava kicherte. „Wenn du die Kapelle vorzeigen kannst und ein Haus besitzt, wird es dir an nichts mehr mangeln."

„Und ihr wollt weiter nichts für eure Hilfe, als jeden Abend eine gute Mahlzeit?" fragte der Junge.

„Nichts weiter," sagten die beiden Wichtelmänner. Da wurden der Junge und die Wichtel handelseinig. Sie gingen zu dem Berg, auf den der Teufel den Stein geworfen hatte. Und schon fingen die Wichtel an, darüber eine Kapelle zu bauen. Und immer mehr Wichtel kamen hinzu und halfen bei der Arbeit. Es dauerte nur ein paar Stunden, da stand die Kapelle über dem Teufelstein. Und bald danach stand auch ein stattliches Haus nicht weit von der Kapelle entfernt. Das sollte dem Jungen gehören.

Der Junge dankte den Wichtelleuten herzlich. Die aber mahnten ihn: „Vergiß unsere Mahlzeiten nicht. Abend für Abend. Das hast du uns versprochen."

Dann machten sich alle Wichtel unsichtbar und waren für den Jungen nicht mehr zu sehen.

Im Osten aber ging die Sonne auf und schien freundlich auf die Kapelle und das Haus. Da ging der Junge in die Stadt zurück und geradewegs in das Wirtshaus. Dort stand der Wirt in der Wirtsstube. Er hatte gerade gegessen und war deshalb guter Laune.

„Bist du noch immer im Lande?" fragte er den Jungen. „Ja," sagte da der Junge. „Und ich will auch hier bleiben. Die Kapelle steht über dem Teufelsstein. Sie muß nur noch gesegnet werden."

Der Wirt wollte dem Jungen nicht glauben, aber er ging dann doch mit ihm zu dem Herrn Pfarrer und dann machten sie sich zu dritt auf, um die Kapelle und das Haus anzusehen.

Wie staunten da der Herr Pfarrer und der Wirt, als sie die Kapelle und das Haus sahen, und sie dachten, es wäre ein Wunder Gottes geschehen. Und der Herr Pfarrer segnete die Kapelle und auch das Haus.

Da hatte nun der Wirt nichts mehr dagegen, daß der Junge die Tochter zur Frau haben wollte. Noch am gleichen Abend wurde ein großes Festmahl gefeiert und besprochen, wann die Hochzeit sein sollte.

Ehe sich der Junge aber zu den Gästen setzte, erbat er sich von der Wirtin einen Korb. Dahinein tat er einen großen Topf mit viel Fleisch. Und gab auch Brot und Wein in den Korb. Dazu zwei Teller und zwei wunderschöne, wasserhelle Gläser, aus denen die Wichtel den Wein trinken sollten. Das alles brachte der Junge den Wichteln als Abendmahlzeit.

Bald darauf feierte der Junge Hochzeit mit der Tochter des Wirtes. Zuvor aber hatte er noch seine Mutter geholt, damit sie sich auch an seinem Glück freuen sollte.

Der Junge und seine Frau sind glückliche Leute geworden. Und nie haben sie vergessen, Abend für Abend den Wichteln den Tisch zu decken und Speise und Trank darauf zu stellen.

Das goldene Kreuz aber, mit dem der Junge den Teufel vertrieben hat, das bekam einen Ehrenplatz im Hause der jungen Eheleute. Und hängt vielleicht heute noch dort, wenn es niemand weggenommen hat.

Witzenhäuser Lebebrot

Es geschah in jener Zeit, als die Hexenprozesse in Europa ihren Höhepunkt erreichten und ein Scheiterhaufen nach dem anderen errichtet wurde, um darauf schöne und kluge Frauen zu verbrennen.

Da gab es in den Tälern rund um den Meißner viele Jahre nacheinander Mißernten und große Teuerung. Die Sommer waren kalt und verregnet. Das Korn verfaulte schon auf dem Halm.

Trotzdem wurde das verdorbene, nicht ausgereifte Getreide gemäht, getrocknet und sorgfältig in Scheunen und auf den Hausböden für den Winter aufbewahrt.

Das daraus gewonnene Brot war jedoch kaum genießbar. Ja, schlimmer noch, es machte krank.

Je länger die böse Zeit andauerte, umso mehr Menschen bekamen die Hungerpest. Ihre Körper waren mit blauen und roten Beulen übersät, die nicht heilen wollten. Viele starben daran. Kinder und alte Leute zuerst.

Nun lebte zu eben dieser Zeit in einem Dorf nahe dem Ort Witzenhausen ein Schneider mit seiner Frau und sieben Kindern. Das Haus, das sie bewohnten, hatten der Mann und die Frau in jungen Jahren erworben und viele Jahre des Glücks darin verbracht.

Nun aber hatte sich das Unglück auch bei ihnen eingenistet. Wegen der Hungerjahre bekam der Schneider immer weniger Aufträge. Die Familie lebte nur noch von dem, was in dem kleinen Garten, der zum Haus gehörte, geerntet und was im nahen Wald gesammelt wurde. Das Schlimmste aber war, daß die Mutter krank im Bett lag und von Tag zu Tag schwächer wurde. Die älteste Tochter führte den Haushalt. Ännchen hieß sie und war in den guten Jahren ein fröhliches Mädchen gewesen. Nun aber war Ännchen oft verzweifelt über all das Elend, das im Hause der Eltern und in allen den anderen Häusern herrschte.

Wenn Ännchen in den Wald ging, um Holz für den Küchenofen zu sammeln, dann weinte sie sich meist erst einmal alles Leid vom Herzen.

Oft betete sie auch zu Gott und der Heiligen Jungfrau und gelobte, nur noch zu deren Ehre zu leben, wenn sie aus der Not helfen würden.

Eines Tages, zu Beginn des Frühlings, war Ännchen wieder einmal im Wald, um Holz zu sammeln. Das Herz war ihm so schwer, daß sie sich voller Verzweiflung an den Stamm eines Eichenbaumes lehnte und bittere Tränen weinte.

Dabei merkte sie in ihrem Leid nicht, daß ein Reiter des Weges geritten kam. Erst, als der Reiter sein Pferd anhielt und Ännchen ansprach, hob sie erschrocken den Kopf und sah den Fremden voller Angst an.

Der fremde Mann hieß Eginhard und war ein Junker aus einem alten Rittergeschlecht. Er weilte zu Besuch in Witzenhausen. War Gast im Kloster der Wilhelmiter, wo einer seiner Waffenbrüder aus jungen Tagen nun als Bettelmönch lebte, um die Sünden seiner Jünglingsjahre durch Gebet und gute Taten zu sühnen.

Eginhard hatte schon viele Gespräche mit dem Freund von einst geführt und danach immer lange Ritte auf seinem Pferd gemacht, um über das Leben im allgemeinen und besonders über sein eigenes Leben nachzudenken.

Auf solch einem Ritt befand er sich, als er das Mädchen

sah, das so herzzerbrechend weinte. Er sprach es an und fragte: „Warum weinst du. Hat dir jemand ein Leid angetan?"

Ännchen, die zunächst Angst vor dem Fremden gehabt hatte, spürte, daß sie Vertrauen zu ihm haben konnte. „Nein, nein," sagte sie, „niemand hat mir ein Leid angetan. Ich weine, weil die Mutter so krank ist und wir kein Brot im Hause haben, das sie gesund machen könnte."

„Ist es so schlimm?" fragte Eginhard, der bisher immer satt geworden war und nie über das Leben der armen Leute nachgedacht hatte. Da erzählte ihm Ännchen von der Not der eigenen Familie und von der Not im Dorf. Eginhard empfand großes Mitleid mit dem Mädchen und beschloß, zu helfen.

Er wußte, daß in dem Kloster der Wilhelmiten, obwohl es Bettelmönche waren, keine Not herrschte, und wußte auch, daß sein eigenes Vermögen so groß war, daß er es sich leisten konnte, genügend Brot und neue Saat für das Dorf heranzuschaffen.

Eginhard fragte deshalb Ännchen, wo sie wohne, ließ sich genau erklären, wo das Haus der Eltern stand und versprach dem Mädchen, recht bald Hilfe zu bringen. Dann ritt er eilig den Weg zurück, den er gekommen war.

Ännchen war zu Mute, als hätte sie den lieben Heiland selber gesehen.

Schnell trocknete sie die Tränen von ihrem Gesicht und sammelte rasch das Holz für den Küchenherd. Dann eilte sie nach Hause, um den Eltern von der Begegnung zu erzählen. Nun hoffte die Familie, daß ein Wunder geschehen würde. Und Vater und Mutter und alle

Kinder beteten darum. Und Gott erhörte ihre Gebete. Eginhard war nach der Begegnung mit dem Mädchen schnell nach Witzenhausen zurückgeritten. Er hatte mit dem Freund gesprochen und erreicht, daß im Kloster ein großer Wagen mit Säcken, prall gefüllt mit Korn und anderen Lebensmitteln bepackt wurde. Vor allem mit Brot, das die Bewohner des Dorfes vor dem Hungertod retten sollte.

Das Brot aber, das in große Leinentücher gepackt wurde, war von besonderer Art und Form. Es war mit Honig gesüßt, damit es lange haltbar bleiben sollte, und so geformt, daß in der Mitte eine runde Öffnung geblieben war, so daß man es an Stangen aufhängen konnte, um es vor Mäusen und allzu hungrigen Seelen zu schützen.

Anderntags wurden am frühen Morgen zwei Pferde vor den Wagen gespannt und Eginhard fuhr los, um sein Versprechen einzulösen.

Er fand bald den Ort und das Haus, Ziel seiner Reise. Wie sehr staunte Ännchen, als sie den vollgepackten Wagen sah, und wie sehr freute sie sich, als der fremde Mann, den sie für einen Boten Gottes hielt, vom Wagen sprang und sagte, daß alle die guten Dinge, die er brachte, für Ännchens Familie und die Bewohner des Dorfes gedacht seien. Ännchen sollte alles gerecht verteilen.

Schnell waren da der Vater, Ännchen und die Geschwister bei der Arbeit, holten die Säcke mit dem Korn und Lebensmitteln vom Wagen, dazu das gute Brot und stapelten alles fein säuberlich im Hause des Schneiders auf.

Nicht lange, da waren viele Leute aus dem Dorf um das

Haus des Schneiders versammelt und hörten die gute Kunde, daß ihnen geholfen werden sollte. Da herzten und küßten sie das Ännchen und segneten den Fremden.

Eginhard war wohl der Glücklichste von allen. Er hatte zum ersten Male erfahren wie gut es dem Herzen tut, anderen zu helfen. Er fuhr zufrieden auf seinem Wagen nach Witzenhausen zurück.

Bald darauf begann ein fröhliches Verteilen. Die Not wurde durch die Gaben des Fremden gebannt. Die Hungerpest hatte bald keine Gewalt mehr über die Leute im Dorf. Auch Ännchens Mutter wurde wieder gesund.

Wochen und Monate vergingen. Die neue Ernte versprach gut zu werden. Alle Not war vergessen. Da fragten sich die Bewohner des Dorfes, wer wohl der Fremde gewesen sei, der mit einem Wagen voller Brot und Getreide gekommen war. Wer hatte ihm den Weg in ihr Dorf gezeigt?

Aller Augen richteten sich auf Ännchen, die nun wieder glücklich und froh geworden war.

Was wußte Ännchen von dem Fremden?

Hatte es ihn herbeigehext, um sich und seiner Familie zu helfen? Sie aber, die dummen Dorfbewohner, hatten auch ein paar Brosamen abbekommnen, damit niemand auffallen sollte, was das schöne Ännchen trieb?

Sollte Ännchen – o, man wagte es kaum auszusprechen, jedenfalls nicht laut. Sollte das schöne Ännchen gar eine Hexe sein?

Als Ännchen hörte, was die Leute redeten, wurde sie traurig. Aber sie sagte sich, daß sie ja ihr Leben Gott und der Heiligen Jungfrau versprochen hatte. Und sie nahm die leisen Worte, die sie nicht hören sollte, die aber doch laut genug gesprochen wurden, daß sie nicht zu überhören waren, als eine Mahnung, das Versprechen einzulösen.

Eines Tages, als der Himmel ganz spätsommerblau war und die Wiesen im schönsten Reiferot standen, nahm sie Abschied von Vater und Mutter und ward nie wieder im Dorf gesehen. Da hörte das Gerede schnell auf. Ännchen und der Fremde waren bald vergessen.

Nicht vergessen aber wurde das Brot, das der Fremde in allerhöchster Not in das Dorf gebracht hatte. Es wird auch heute noch gebacken. Im Volk heißt es: „Witzenhäuser Lebebrot".

Wer davon ißt, bekommt Appetit auf mehr.

Das Glasvögelchen

Es ist schon ein paar hundert Jahre her, da standen ein paar armselige Waldglashütten im Bereich der Nieste. Während des Sommers wohnten und arbeiteten dort die Glasbläser mit ihren Familien. So auch die Familie des Schürer von Waldheim, die aus Böhmen gekommen war.

Es war ein hartes Brot, das es in den Waldhütten zu verdienen galt. Oft sagte der alte Schürer zu seiner Frau: „Wären wir doch in Waldheim geblieben."

Die Frau aber war voller Mut und erwiderte jedes Mal: „Auch dort war die Arbeit kein Honigschlecken. Laß das Stöhnen. Was uns fehlt, sind lediglich tausend Taler, um Schuld und Zins zu bezahlen."

Konrad, dem jungen Sohn der Schürers, ging die Rede der Mutter nicht aus dem Sinn.

An dem Tag, als er vierzehn Jahre alt wurde, gab ihm sein Vater nach der Morgenmahlzeit frei. Sonst mußte er, wie alle Schürerkinder, Tag für Tag vom frühen Morgen bis spät abends schwere Arbeit leisten. Holz spalten, im Schubkarren Schlacke wegfahren und Gläser waschen.

Konrad freute sich über den freien Tag. Er liebte die neue Heimat, liebte den Wald, in dem des Vaters Hütte stand, liebte das helle Wasser der Nieste, an deren Ufer er oft saß und dem Murmeln und Plätschern des Baches lauschte.

Er steckte sich nach dem Morgenfrühstück ein Stück Brot in die Tasche seiner Jacke und rannte, so schnell er konnte, zu seinem Lieblingsplatz am Bachufer.

Außer dem Brot hatte er aber auch noch sein erstes,

selbstgeformtes Gläsnerstück, ein Glasvögelchen, in die Tasche gesteckt.

Er betrachtete dieses Vögelchen als seinen Talismann, ja, er war sogar stolz darauf, hatte ihn doch der Vater dieser Arbeit wegen gelobt. „Gut hast du ihn gemacht," waren die Worte des Vaters gewesen.

Nun saß er am Bach, holte sein Glasvögelchen aus der Tasche und betrachtete es liebevoll. Die Sonne schien warm auf ihn herab und in den Gräsern und Bäumen raunten und sangen Vögel und Käfer.

Da spürte er plötzlich, wie sich sein Glasvögelchen, das grad so groß war, daß seine Hand es umschließen konnte, aufplusterte, bis es die Größe eines richtigen Finkenvogels erreicht hatte.

Verwundert schaute Konrad auf seine Hand. Was er sah, versetzte ihn in Staunen. Er wollte seinen Augen nicht trauen. Aber er hielt in der Hand tatsächlich statt seines kleinen Glasvögelchens einen lebendigen Finken.

Und plötzlich fing der Vogel auch noch zu sprechen an. „Bau mir ein Haus," sagte er zu Konrad, „damit mich kein Habicht fängt."

Konrad, der aus dem Staunen nicht heraus kam, war dem Vogel willig. Er suchte ein paar Äste, stellte sie schräg gegeneinander, legte grüne Zweige darauf und schaffte so seinem Glasvögelchen, das sich in einen lebendigen Finken verwandelt hatte, einen schönen, sicheren Unterschlupf, legte auch noch ein paar Brotkrumen in die grüne Höhle, falls sein Vögelchen Hunger bekommen sollte.

Dann setzte er sich wieder in das Gras und hörte zu, wie sein Vogel zu singen anfing. Das klang so schön und überirdisch zart, wie Konrad noch nie einen Vogel hatte singen hören.

Nach einiger Zeit kam eine prächtig gekleidete Waldfrau des Weges daher.

„Was sitzt du da, du Nichtsnutz und starrst in den Tag, ohne eine Hand zu rühren," frage sie den Konrad.

„Ich hüte meinen Glasvogel," entgegnete Konrad artig. „Hör doch mal, wie schön er singt."

„Ein Glasvogel und singen," lachte das Waldweibchen, das habe ich noch nie gehört. Laß mich deinen Glasvogel einmal sehen."

Konrad,der plötzlich an die Sorgen der Eltern dachte, sagte: „Wenn du ihn sehen willst, kostet das tausend Taler."

Nein, tausend Taler wollte das Waldweibchen dem Konrad nicht geben. Aber es bot ihm einen goldenen Ring an, wenn sie den singenden Glasvogel betrachten dürfe.

Konrad war damit einverstanden, nahm den goldenen Ring und entfernte sorgfältig einen Ast von dem Häuschen, das er für sein Glasvögelchen gebaut hatte. Dann ließ er das Waldweibchen hineinsehen.

Das Waldweibchen sah nur einen einfachen, kleinen Glasvogel.

„Du bist ein Schelm," sagte das Waldweibchen lachend. „Aber du darfst den Ring behalten, wenn du mir versprichst, den nächsten, der kommt, auf die gleiche Weise zu foppen."

Konrad, der das goldene Ringlein in der Hand hielt, sagte reumütig: „Hör zu, du kannst deinen Ring wiederhaben, wenn du meinen Vogel nicht hast singen hören."

Aber das Waldweibchen wollte den Ring gar nicht

mehr. „Laß nur, behalt ihn," sagte es. „Ich habe eine Menge Ringe aus Gold und Edelstein. Und der, den ich dir schicken werde, kann dir gern tausend Taler geben. Er hat genug davon.

Da freute sich der Konrad und behielt den Ring. Das Waldweibchen war aber so schnell wieder verschwunden, wie es aufgetaucht war.

Nicht lange danach, kam ein Waldmann daher. Der sagte zu dem Jungen: „Meine Frau hat mir erzählt, daß du einen singenden Glasvogel hütest. Ich will ihn dir abkaufen." Verkaufen wollte ja der Konrad sein Glasvögelchen nicht. Aber da hörte er, wie es wieder zu singen anfing. Und was es sang, war gar verwunderlich. „Denk an Schulden und Zins, verkauf mich, verkauf mich," sang sein Glasvögelchen.

Zögernd sagte da der Konrad zu dem Waldmann: „Es kostet tausend Taler."

Und da zog doch der Waldmann tatsächlich einen Beutel mit tausend Talern aus seinem Wams und gab ihn dem Konrad.

Konrad hob wieder einen Zweig von der kleinen Hütte und der Waldmann sah hinein. Was der Waldmann sah, war nur ein kleiner, stiller Glasvogel, ein Kinderspielzeug, kaum wert auf eine Vitrine gestellt zu werden.

„Und das ist alles, was du mir für tausend Taler verkaufen willst?" schrie da der Waldmann, gar zornig darüber, daß er so an der Nase herumgeführt worden war. Aber dann lachte er plötzlich laut auf und sagte: „O, diese Frau, diese Frau. Da zanke ich jeden Tag mit ihr, weil sie zuviel Geld für unnötigen Tand ausgibt, und jetzt habe ich dir für einen kleinen, unscheinbaren

Glasvogel tausend Taler gegeben. Komm, gib mir das Geld zurück."

Diese Rede gefiel dem kleinen Glasvogel gar nicht. Er plusterte sich noch einmal auf, so groß, daß er fast einem Eichelhäher glich, flog auf und hackte dem Waldmann in die Hand, die jener nach dem Beutel mit den tausend Talern ausgestreckt hatte.

Da bekam der Waldmann einen großen Schrecken, ließ den Vogel und Konrad in Frieden und den Beutel mit den tausend Talern zurück und kehrte eilig auf dem Weg wieder um, den er gekommen war. Nun hatte der Konrad einen goldenen Ring und einen Beutel mit tausend Talern und wußte nicht, ob es recht war, wenn er Ring und Taler behielt.

„Behalts, behalts," sang sein Glasvögelchen ihm ins Ohr und flog in die grüne Laubhütte zurück. Dort wurde es wieder zu dem stillen, kleinen Glasvogel, den Konrad gearbeitet hatte.

Zunächst dachte Konrad, daß alles nur ein schöner Sommertraum gewesen sei. Aber neben ihm, am Ufer der Nieste, lagen ein goldner Ring und ein Beutel mit tausend Talern.

Nur sein Glasvögelchen war nicht mehr lebendig und sang nicht mehr. Es lag still in der kleinen Laubhütte. Liebevoll nahm er es auf und steckte es wieder in die Tasche seiner Jacke, nahm dann den Ring und den Beutel mit den tausend Talern und ging nach Hause.

„Irgendwer wird Ring und Geld verloren haben," sagte die Mutter und sie trug beides, Geld und Ring, in des Dorfschulzen Haus. Der ließ verkünden, daß sich melden solle, wer etwas verloren habe.

Es meldete sich niemand. Da bekam Konrad den Beutel

mit den tausend Talern zurück und auch den Ring, und nun herrschte große Freude in der armseligen Waldglashütte. Schuld und Zins konnten nun bezahlt werden. Den Ring behielt Konrad für sich und hat ihn Jahre später in einer warmen Sommervollmondnacht seiner Braut gegeben, als er ihr seine Liebe gestand.

Der Glasvogel aber bekam einen schönen, großen Holzbauer. Da hinein setzte Konrad ihn und oft, wenn es seine Zeit erlaubte, setzte er sich vor den Bauer und dachte an den Nachmittag zurück, an dem ihm sein Glasvögelchen so viel Glück gebracht hatte.

Gesungen hat das Glasvögelchen nur noch ein einziges Mal. Das war, als der Konrad uralt geworden war und zum Sterben kam. Da stieß es das Türchen des Bauers auf und flog in die Hand des Konrad. Der lächelte und liebkoste den kleinen Glasvogel. Und weil die Kinder des Konrad meinten, und das ja auch zu Recht, daß wohl das Glasvögelchen sein liebster Besitz gewesen sei, begruben sie nach dem Tod des Konrad den kleinen Glasvogel mit ihm.

Der Reiter von Spangenberg

Als die Jahrhunderte der Könige vorbei waren, da sie arme Mädchen heiraten konnten, nur, weil diese bildhübsch und bravfromm waren, begann eine Zeit, da durften die reichen Junker und Herren von Stand nur junge Damen aus den eigenen Kreisen als Ehefrau in ihr Haus führen. So wollten es die ungeschriebenen Gesetze, und die waren gültiger als die jeweils bestehenden Staats- oder Stadtrechte.

In dieser Zeit lebte in Epterode die Bohn-Lies. Sie wohnte mitten im Dorf in einem kleinen Haus. Ihr Name kam von ihrem Handel mit Bohnen. Die kaufte sie in Spangenberg ein und verkaufte sie mit ein bißchen Gewinn weiter.

Die Bohn-Lies ist eine schöne, stattliche Person gewesen mit Augen, so blau wie der Himmel an einem klaren Sommertag, und Haaren, so golden wie reifer Weizen. Mancher Hoferbe hätte sie gern in seinem Heim als Hausfrau gesehen, aber die Bohn-Lies wies alle Heiratsanträge zurück.

Dann brachte sie eines Tages ein lediges Kind zur Welt. Den Namen des Vaters verriet sie nicht. Da wollte bald niemand mehr gut Freund mit ihr sein.

„Hochmut kommt vor dem Fall", waren noch die sanftesten Worte, die sie zu hören bekam.

Die Bohn-Lies reagierte mit hilflosem Schweigen auf die bösen Reden. Fleißiger noch als sonst betrieb sie ihren Handel mit Bohnen und versorgte liebevoll ihr Kind.

Bald bekamen die Leute im Dorf neue Nahrung für ihr Gerede über sie.

Ein Reiter aus Spangenberg in schmucker Uniform ritt eines Tages durch das Dorf und warf einen Sack mit Lebensmitteln und ein Beutelchen mit Geld über den Zaun ihres Gartens.

Das wiederholte sich ein paar Mal.

Nie ließ sich die Bohn-Lies sehen, wenn der Reiter auf seinem Roß an ihrem Haus vorüber ritt. Anderntags aber waren der Sack mit den Lebensmitteln und das Beutelchen mit dem Geld immer aus ihrem Garten verschwunden. Sie wird die Gaben in der Nacht geholt haben, wenn ihr gedemütigter Stolz klein genug geworden war, um sich und ihrem Kind das Überleben zu sichern, war die Meinung der Dorfbewohner.

Denn die Bohn-Lies war inzwischen bitter arm geworden. Der Handel mit den Bohnen brachte immer weniger ein.

Nun war neben dem Haus der Bohn-Lies viel brüchiges Gelände. Nach ein paar völlig verregneten Wochen kam eines Tages der Reiter wieder auf seinem Roß daher geritten. Dichter Nebel verhüllte die Sicht. Da tat sich unter ihm plötzlich die Erde auf und Roß und Reiter verschwanden in der Tiefe und wurden nie wieder gesehen.

Niemand hat die Bohn-Lies darüber weinen sehen. Sie hat ein Herz aus Stein, sagten die Leute. Und vielleicht hatten sie recht damit. Großer Schmerz und immer wieder zugefügtes Leid können ein Herz kalt werden lassen.

Selten noch ging die Bohn-Lies nach Spangenberg, um Bohnen einzukaufen. Und seltener noch klopfte sie an die Türen der Nachbarhäuser, um ihre Ware anzubieten.

Wochen später, in einer Vollmondnacht, flog ein Käuzchen dreimal gegen das Schlafzimmerfenster des Bürgermeisterhauses. Der Bürgermeister und seine Frau haben es ganz deutlich gesehen. So haben sie jedenfalls berichtet. Dann ist das Käuzchen zum Wald geflogen und hat immer wieder gerufen. Am anderen Tag war die Bohn-Lies tot.

Sie wurde begraben, wie es einem Christenmenschen zukommt.

Zu der Beerdigung war auch ein vornehmer Herr gekommen, in einer prächtigen Kutsche. Der hatte zuvor beim Bürgermeister vorgesprochen.

Als die Kutsche wieder wegfuhr, saß nicht nur der vornehme Herr darin, sondern auch das Kind der Bohn-Lies, das zuvor beim Bürgermeister untergebracht worden war.

Später sagten die Leute, der vornehme Herr sei der Großvater des kleinen Buben gewesen. Aber Genaues weiß man nicht darüber. Es ist ja auch schon so lange her, daß die Bohn-Lies gelebt hat. Wenn aber in der Nacht ein Käuzchen schreit, dann erinnert man sich ihrer noch in fast jedem Haus, und wenn der Nebel so dicht ist, daß man die Hand vor den Augen nicht sehen kann, sagen die Großmütter zu ihren Enkelkindern: „Geht nicht hinaus. Der Reiter von Spangenberg ist unterwegs. Er nimmt euch mit, wenn ihr nicht brav seid."

Die ganz alten Leute aber sagen, die Unke von Epterode hat den Reiter geholt. Sie hat ihn der Bohn-Lies nicht gegönnt. Sie wollte ihn für sich haben.

Der Zauberstrauch

Vor vielen Jahren, als Großalmerode noch ein Dorf war, ging Anna Katharina, die Frau des Korbmachers Vitus Gohde, an einem Augusttag hinauf auf den Steinberg in den Wald, um Holz zu sammeln.

Sie achtete nicht auf den Weg, weil sich ihre Gedanken mit Karl, ihrem kleinen kranken Sohn, beschäftigten, der blaß und müde daheim in seinem Bett lag.

Plötzlich stand Anna Katharina inmitten einer schönen Waldwiese, und ganz nah vor ihr breitete ein gar nicht großer, aber kräftig gewachsener Strauch seine Zweige sommerfroh in die Sonnenluft.

Das wäre nicht verwunderlich gewesen. Sträucher gibt es viele auf Waldwiesen. Dieser Strauch aber war etwas Besonderes. Seine Zweige trugen goldene Beeren.

Wenn sich die Beeren, vom Wind bewegt, berührten, klang es, wie wenn kleine Glocken läuteten.

Goldene Beeren. Anna Katharina stand wie gebannt davor und vielerei Gedanken gingen ihr durch den Kopf.

O ja, sie, Anna Katharina, würde die goldenen Beeren pflücken und in ihrer Schürze heimtragen. Reich würden sie nun sein, ihr Vitus und sie. So dachte die Korbmacherfrau.

Gerade wollte sie ihre Hände nach den goldenen Früchten ausstrecken, da stand plötzlich ein Waldgeist vor ihr. Der Waldnickel. Herr in den Wäldern der Kaufunger Berge und Täler.

Sein Haar und Bart waren braungolden wie die reifenden Ähren der Gräser im Wind, seine Augen so blau wie

das Wasser der Gelster, wenn sich der Sommerhimmel darin spiegelte.

Nein, zum Fürchten sah der Waldnickel nicht aus. Aber Anna Katharina bekam doch einen großen Schrecken, und sie zog die Hände, die eben noch die goldenen Beeren pflücken wollten, schnell wieder zurück.

Der Waldnickel sah Anna Katharina freundlich an und sagte: „Die Beeren gehören mir. Ich habe den Strauch gehegt und gepflegt, habe ihn begossen, wenn er durstig war und seine Zweige gehalten, wenn der Wind zu heftig wehte, damit die Früchte nicht vorzeitig abfallen sollten. Wenn du die Beeren nicht pflückst, will ich dir gern einen Wunsch erfüllen."

Anna Katharina trat enttäuscht von dem Strauch zurück. So gern hätte sie die goldenen Beeren gehabt. Aber sie mußte plötzlich an ihren kleinen kranken Jungen denken. Und sie fragte den Waldnickel: „Steht es in deiner Macht, mein Kind gesund zu machen?"

Da lächelte der Waldnickel. Dann zog er aus seinem Wams eine ziemlich große, wasserhelle Glasflasche hervor, in der sich eine goldgelbe Flüssigkeit befand.

Diese Flasche gab der Waldnickel der Korbmachersfrau und sagte: „In Gottes Hand allein liegt das Leben deines Kindes. Aber gib ihm morgens und abends ein Tränklein aus dieser Flasche. Dann wird es, so Gott will, gesund werden."

Kaum hatte der Waldnickel diese Worte gesprochen, waren er und der Strauch mit den goldenen Beeren vor Anna Katharinas Augen verschwunden. Nur die Flasche hielt sie noch in ihren Händen.

Sie steckte sie eilig in ihre Schürzentasche, sammelte schnell einiges Holz, das sie mit einem Gurt, den sie mitgebracht hatte, zusammenband und als Bündel auf ihren Rücken schwang.

Zu Hause warteten schon ihr Mann und der kleine Sohn voller Sorge auf sie, denn sie hatte sich sehr verspätet. Sie stellte die Flasche auf den Küchentisch, legte das gesammelte Holz sorgsam neben den Ofen und dann erzählte sie, was sie erlebt hatte.

Vitus Gohde staunte. Er legte seine Arbeit beiseite und sah seine Frau ungläubig an. Sollte sie eingeschlafen sein, oben im Wald,und einen Traum gehabt haben?

Aber von dem Waldnickel hatte er auch schon gehört und die Flasche stand auf dem Küchentisch. Goldgelb leuchtete das Tränklein darin. Konnte es schaden, wenn sein Sohn einmal davon probierte?

Doch ehe er den kleinen Karl davon kosten ließ, wollte er selbst feststellen, was es mit der goldgelben Flüssigkeit in der Flasche auf sich hatte.

Vorsichtig öffnete er den Verschluß. Ein Duft nach Honig und würzigen Kräutern füllte sogleich den Raum. Das roch so gut und appetitanregend, daß Vitus alle Angst vor dem Tränklein verlor. Er bat seine Frau um einen Löffel und kostete. Gleich darauf fühlte er sich so wohl wie nie zuvor und war nun einverstanden, daß Anna Katharina auch dem kleinen Karl von dem Tränklein gab.

Und das Wunder geschah. Es vergingen nur wenige Tage, da sprang der Knabe der Korbmachersleute fröhlich unter der Dorflinde herum und spielte mit den Nachbarskindern.

Alle sieben Jahre einmal blüht der Wunderstrauch. Man darf aber seine Früchte nicht pflücken. Sie gehören dem Waldnickel. Nur wer selbstlos etwas wünscht, wenn er die goldenen Beeren sieht, dem geht der Wunsch in Erfüllung.

Die schwarze Katze
vom Lerchsfeld

Vor vielen Jahren lebte in unserem kleinen Dorf, ja, damals war unsere kleine Stadt noch ein kleines Dorf, also da lebte in unserem kleinen Dorf eine wunderhübsche Wittib. So nannte man in jenem Jahrhundert die Frauen, die ihren Mann durch den Tod verloren hatten. Nun wäre das weiter nicht auffallend gewesen. Es gab in anderen kleinen Orten auch hübsche junge Frauen, die ihren Mann verloren hatten. Besonders dann, wenn gerade Krieg im Lande war. Diese aber fiel auf nicht nur durch ihr schönes Gesicht und nicht nur durch ihre schöne Gestalt, nein, sie trug auch die edelsten Kleider und schöne Mantillen, alles aus Samt und Seide. Und sie hatte Ketten und Ringe aus Gold, mit denen sie sich gern schmückte.

Ihr Mann hatte ihr ein kleines Haus im Dorf hinterlassen und sie selbst hatte in die Ehe einen Acker auf dem Lerchsfeld eingebracht.

Aber sie bestellte diesen Acker nicht und hatte trotzdem zu leben.

Das kam den anderen Dorfbewohnern seltsam vor und sie beobachteten die junge Wittib auf Schritt und Tritt. Bald hatten sie herausgefunden, daß sie jeden Freitagabend Besuch bekam. Der Besuch war ein schmucker Mann, war auserlesen gekleidet und trug immer einen grünen Hut mit einer Hahnenfeder darauf.

Dieser Mann verschwand jeden Freitagabend im Haus der hübschen Wittib, beladen mit vielen Paketen.

Zunächst dachten die Leute, der Herr sei ein Adliger aus reichem Hause, deshalb bedachten sie die junge

Frau mit vielerlei Lobreden auf ihre Bekanntschaft. Und da die junge Wittib sehr großzügig war, hatten die Leute auch keine Scheu, Geschenke von ihr anzunehmen.

Einmal aber sah des Wolfenhenner Lenhard sich an einem Freitagabend den Besuch näher an.

Und was sah er da? Unter dem weiten Mantel, den der Fremde trug, erkannte der Lenhard tatsächlich den Pferdefuß des Teufels.

Sieh an, sieh an, dachte der Lenhard. Daher kommen also die vielen guten Gaben.

Lenhard erzählte natürlich den Dorfbewohnern, was er gesehen hatte. Ab da wollte kein Mensch mehr mit der jungen Wittib reden.

Die weinte sich die Seele fast aus dem Leib.

Der Herr Teufel war doch aber auf die Seele der jungen Wittib aus. Und weil er die nicht durch ihre Tränen verlieren wollte, kam er eines Freitagabends wieder in seiner Kutsche angefahren, eilte in das Haus und forderte seinen Lohn. Die Seele der Frau.

Die hatte jedoch inzwischen erkannt, daß Geld und Gut nicht wert sind, die Seele zu verkaufen und sie betete zu Gott und der Heiligen Jungfrau, daß sie sie von dem Bösen erlösen sollten.

Doch sie hatte sich schon zu sehr mit dem Herrn Teufel eingelassen, als daß da noch viel zu helfen gewesen wäre.

An jenem Freitagabend machte er ihr einen Höllenlärm, nahm sie um ihre Hüften und fuhr mit ihr durch den Schornstein in den nachtdunklen Himmel. Dabei sprühten viele Feuerfunken auf die Erde herab.

Das sah der Lenhard. Und es machte ihm Angst. Er fiel

auf die Knie, bekreuzigte sich und betete ganz laut um die Errettung aller Seelen aus des Bösen Gewalt.

Und wie er gar so sehr betete und Gott und alle Heiligen beschwor, gnädig allen Seelen zu sein, ließ doch der Teufel die junge Wittib ganz plötzlich aus seinen Armen auf die Erde fallen.

Er hatte aber noch so viel Kraft, das arme verblendete Weib in eine schwarze Katze zu verwünschen. Eine solche sollte sie bis in alle Ewigkeit bleiben.

Ja, so ist die junge, hübsche Wittib eine schwarze Katze geworden und weil sie als Katze nicht mehr in das Haus im Dorf zurück wollte, in dem sie dem Teufel ihre Seele verkauft hatte, schlich sie sich zu ihrem eigenen kleinen Acker auf dem Lerchsfeld.

Dort lebt sie fortan. Und es gibt wohl keinen Menschen in unserem Ort, der ihr nicht schon einmal begegnet wäre.

Erlöst werden kann sie erst am Auferstehungstag. Dann, wenn sich auch der Herr Teufel dem ewigen Gericht stellen muß, um sich dafür zu verantworten, daß er so viele arglose Seelen ins Verderben gelockt hat.

Die Unke vom Epteroder Weg

Was ich Euch jetzt erzählen will, ist ganz gewiß wahr. So wahr, wie wir zur Hirschbrunft gegangen sind und mir unser Freund Georg Hildebrandt diese Geschichte erzählt hat.

Er hat sie von seinem Großvater gehört, und der hat sie vom Meister Tobi selbst, dem sie passiert ist.

Der Meister Tobi war ein Schreiner. Aber weil er mit der Schreinerei nicht genug Geld verdiente, ging er an den Wochenenden noch zum Schlachten auf die Dörfer.

Er war ein guter Schlachter. Die Leute holten ihn gern, vor allen Dingen darum, weil er so gute Wurst machte.

Wenn dann der Abend kam und die Schlachterei zu Ende war, saßen die Männer meist noch eine gute Weile zusammen und erzählten sich tolle Geschichten, daß ihnen oft das Fleisch unter der Haut fror.

Einmal war der Meister Tobi zum Schlachten in Epterode gewesen. Da hatten sich die Männer dann auch nach getaner Arbeit bis spät in den Abend hinein noch unterhalten. Und dabei zwei Flaschen feinen Korn getrunken.

Nun war der Meister Tobi auf dem Heimweg. Wie er so den Epteröder Weg nach Großalmerode hinuntergeht, bleibt er stehen. Er muß mal rülpsen. Das ist ihm passiert, genau dort, wo der Weg zum Hirschberg hinaufgeht.

Wie er so dasteht und auf den Hirschberg blickt, kommt doch geradewegs eine große goldene Kugel auf ihn zugerollt. Da nahm er sein Schlachtmesser und als die Kugel genau vor ihm war, hat er hineingestochen.

Da hat es aus der Kugel ganz merkwürdig geschrieen

und die Kugel ist in viele Stücke zerplatzt. An Stelle der Kugel aber hat der Meister Tobi plötzlich eine Unke vor sich gesehen. Eine Unke, so groß fast wie ein kleines Kind.

„Du hast mir meine Kutsche zerstochen. Jetzt kann ich nicht zum Langenberg, wo meine Vettern und Basen auf mich warten. Es sei denn, du trägst mich dorthin." O, da erbot sich der Meister Tobi gar schnell, die Unke auf den Langenberg zu tragen. Wußte er doch, daß Unken den Menschen Gutes oder Böses tun konnten. Wie sie gerade in Stimmung waren. Er steckte sein Schlachtmesser weg und hob die Unke mit beiden Händen auf. Dann trug er sie durch Großalmerode zum Langenberg hinauf.

Als er an einer schönen kleinen Wiese angekommen war, schlug es gerade Mitternacht. Da wollte er erst einmal ausruhen und beim Klang der Glocken ein Gebet sprechen. Deshalb setzte er die Unke vorsichtig auf den Boden.

Kaum hat die Unke die Erde berührt, stand plötzlich ein schönes kleines Fräulein neben dem Meister Tobi. Und als er die Augen hob und auf die Waldwiese sah, waren da noch sehr viel mehr kleine Damen und Herren zu sehen. Die herzten und küßten einander und tanzten auch eine echte Polka und benahmen sich ganz so, als ob es Menschen wären, die da zu einem Fest gekommen waren.

Nach einer Weile kam das kleine Fräulein zum Meister Tobi und fragte ihn: „Bist du gern Schlachter?"

„Nein," sagte der, „nicht so gern. Aber ich muß schlachten gehen, sonst haben meine Frau und die Kinder nicht satt zu essen."

„Ich bin dir einen Lohn schuldig, weil du mich hierher-
getragen hast," sagte da die kleine Dame. Hier hast du
zwei Dukaten. Und wenn du mich wieder zurück trägst,
sollst du noch einmal einen Lohn haben."
Schlag ein Uhr war die ganze Herrlichkeit des kleinen
Volkes zu Ende. Neben Meister Tobi saß wieder die
Unke. In seiner Hand aber lagen zwei Dukanten.
Da dachte Meister Tobi daran, daß er ja noch einmal
einen Lohn bekommen sollte, wenn er die Unke zum
Hirschberg zurücktragen würde.
Also nahm er die Unke wieder in seine Hände und trug
sie zurück. An die gleiche Stelle, wo er sie aufgenom-
men hatte. Die Unke bedankte sich bei ihm. „Du bist
ein guter Mann. ich will dir Besseres als zwei Dukaten
geben. Geh nach Hause. Dort wirst du gleich hinter der
Tür deiner Werkstatt eine neue Axt und einen neuen
Hobel finden. Die sind so gut, daß du damit die besten
Schränke und Betten im Land machen wirst."
Dem Meister Tobi wären ja noch einmal zwei Dukaten
lieber gewesen, weil er meinte, daß er sowieso ein guter
Schreiner sein Lebtag gewesen sei und doch mit seiner
Schreinerei nicht allzuviel verdient hatte. Aber er wollte
die Unke nicht erzürnen. Deshalb bedankte er sich bei
ihr, setzte sie auf die Erde und sah noch, wie sie in
großen Sprüngen den Berg hinauf hüpfte.
Da ging auch Meister Tobi nach Hause. Dort erwartete
ihn seine Frau und zankte sehr, weil er so spät heimkam.
Dachte sie doch, er hätte mit seinen Freunden bis in die
Nacht hinein gefeiert und getrunken.
Als sie aber hörte, was Meister Tobi erlebt hatte, ging
sie gleich nachsehen, ob es stimmte, daß hinter der Tür
der Werkstatt eine neue Axt und ein neuer Hobel stehen

würden. Sie standen da. Und als Meister Tobi auch noch die zwei Dukaten vorzeigte, war die Freude groß.

Aus dem Meister Tobi ist dann auch tatsächlich der beste Schreiner im Land geworden. Und er wurde so reich, daß er nie wieder zum Schlachten gehen mußte.

Inhalt

Bücher für Nordhessen

Aus alter Arbeitszeit

Bäuerliche Berufs- und Lebensbilder 1948-1958

photographiert und beschrieben
von Georg Eurich
80 Seiten Großformat, gebunden, ISBN 3-924277-34-X

In den frühen Nachkriegsjahren wurden diese in vielerlei Hinsicht einmaligen Photographien von der bäuerlichen Lebens- und Arbeitswelt aufgenommen. Georg Eurich dokumentiert handwerkliche Berufe, bäuerliche Arbeit zwischen Saat und Ernte und das Dorfleben in hervorragender photographischer Qualität.

WARTBERG VERLAG

Nordhessen-Führer
1000 Freizeittips

Ausflugsziele,
Sehenswürdigkeiten, Freizeitsport, Kultur,
Feste und Veranstaltungen

196 Seiten, brosch., ISBN 3-925277-33-1

Wohin beim nächsten Sonntagsausflug? Was tun bei Regen-
wetter? Oder: Wo kann ich Drachenfliegen?
Dieses Handbuch der Freizeitmöglichkeiten gibt auf fast alles
Antwort! Die Landkreise Kassel, Werra-Meißner, Schwalm-
Eder, Waldeck-Frankenberg, Hersfeld-Rotenburg und die Stadt
Kassel präsentieren sich mit ihren vielfältigen Angeboten.